Andrea Böhm

Rückkehr nach Lignano

*„Verreise niemals mit jemanden,
den du nicht liebst“*

Ernest Hemingway

Impressum

Illustrationen:
Claudia Hauboldt

Lektorat:
www.wort-spiel.at | Dr. Rotraud Kerndle

Layout:
Kerstein Werbung & Design
www.kerstein.at

Druck und Vertrieb im Auftrag der Autorin/des Autors:
Buchschmiede von Dataform Media GmbH, Wien
www.buchschmiede.com

ISBN:
978-3-99129-214-2 (Paperback)

PRINTED IN
AUSTRIA

Kapitel 1

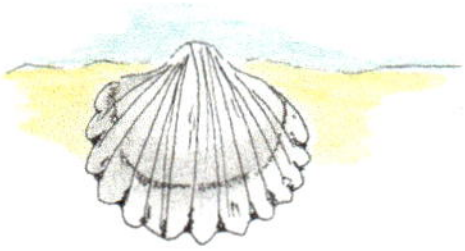

Lignano. Der erste Ort, der mir in den Sinn gekommen war, war Lignano. Ich war so verzweifelt und durch den Wind, dass ich das Naheliegende einfach nicht gesehen hatte. Zoe und ich würden unseren Sommerurlaub in Italien verbringen. Doch meine Erleichterung und Euphorie wurden von meiner 15-jährigen Tochter gleich zunichtegemacht, und zwar lautstark. „WAS??? Lignano? Was wollen wir in diesem Kaff? Zuerst versprichst du mir, dass wir heuer endlich einmal eine richtig coole Reise machen und dann erzählst du mir einfach so, dass du dich anders entschieden hast. Was ist mit Thailand geworden?“ Ihre blauen Augen blitzen mich feindselig an, was durch die Tränen der Wut, die man schon erahnen konnte, noch unterstrichen wurde. Doch auch mir war zum Weinen zumute. Nicht nur, dass ich meine ohnehin zurzeit sehr schwierige Tochter – weil in der Pubertät – enttäuschte und mich für ein anderes Urlaubsziel entscheiden musste, das Warum machte mich zusätzlich traurig. Mein Vater lag im Sterben, was es uns unmöglich machte, eine Fernreise anzutreten. „Du weißt, warum wir in diesem Sommer auf eine längere Reise verzichten müssen“, antwortete ich also etwas lahm und bereitete mich auf den nächsten Wutanfall meiner Tochter vor. Dieser folgte wie bestellt. „Du hast mir aber versprochen, dass wir heuer ganz sicher eine tolle Fernreise machen werden. Ich habe schon all meinen Freunden davon erzählt. Kannst du dir vorstellen, was die jetzt alle von mir denken?“ Während sie das sagte, gestikulierte sie wild mit ihren Armen herum. Sie war so in Rage, dass sich sogar einige ihrer langen, blonden Haare aus ihrem Dutt lösten. Wenn sie sich wie in diesem Moment in voller Größe vor mir aufbaute, war mir noch mehr bewusst, dass sie mich mit ihren 15 Jahren locker um zwei, drei Zentimeter überragte. Ihre sonst sehr feinen Gesichtszüge hatten sich nun komplett angespannt, jetzt rannten ihr definitiv die Tränen von den Wangen herab. Und noch bevor ich etwas erwidern konnte, drehte Zoe sich um, rannte in ihr Zimmer und schmiss die Tür ins Schloss, dass ich dachte, die Bilder würden von den Wänden fallen. Die Ruhe, die nun im Raum lag, war auch nicht viel angenehmer für mich. Doch zumindest ermöglichte sie es mir, mich selbst ein wenig zu beruhigen und meine eigenen Emotionen in den Griff zu bekommen. Seit der Scheidung von Zoes Vater vor drei Jahren war zwar mein eigenes Leben wieder ein bisschen mehr im Lot, aber das Zusammenleben mit meiner Tochter wurde seither ganz schön oft auf die Probe gestellt. Kurt, Zoes Vater, und ich sind irgendwann vor den Trümmern unserer Ehe gestanden und haben erkannt, dass wir nicht glücklich miteinander waren.

Wir kannten uns schon seit der Studienzeit, ich war gerade einmal 20 als ich Kurt kennenlernte, er ein Jahr älter. Ich hatte gerade mein Kunststudium abgebrochen und mich entschieden, der Architektur zu widmen, Kurt studierte Jus. Doch er hasste es. Er machte es nur, weil seine Familie seit

Generationen Rechtsanwälte hervorbrachte, die allesamt in die familieneigene Kanzlei einstiegen und damit ihr Glück fanden. So erzählt es zumindest der Großvater von Kurt gerne jedem, der es nicht wissen wollte, und keiner hatte es je gewagt, diese Aussage zu bezweifeln oder gar zu hinterfragen. Doch der Erste, der diese Tradition anzuzweifeln wagte, war ausgerechnet mein Freund. Schon während seines zweiten Studienjahres erkannte er, dass ihn die Jus-Muse niemals küssen würde, doch zu diesem Zeitpunkt war er noch im Verdräng-Modus. Das war die Zeit, als wir beide uns in einem Park in Graz kennenlernten. Kurt fiel mir sofort auf, als er mit einer Gruppe Burschen neben mir anfing Fußball zu spielen. Ich versuchte mich gerade auf eine besonders schwierige Prüfung vorzubereiten und der Lärm, den die Jungs machten, machte mich wahnsinnig. Ich bat die Gruppe, woanders zu spielen, doch ich erntete nur Hohn. Als ich gerade meine sieben Zwetschken zusammenpacken wollte, hörte ich einen der Jungs, Kurt, sagen: „He, ich lad euch auf ein Bier ein." Alle johlten auf und als die Meute Richtung Bar verschwand, drehte sich der Gönner nochmals zu mir um und blinzelte mir zu. Später, als er nach dem Bier sofort wieder auf den Platz im Park zurückgekehrt war, in der Hoffnung mich noch vorzufinden, sagte er zu mir, dass ihn meine Courage imponiert hätte. „Nicht jedes Mädel würde ein paar Rowdies wie uns ansprechen", meinte er schmunzelnd. Außerdem hätte er nur einmal in meine grünblauen Augen schauen müssen und es war um ihm geschehen. „Etwas schmalzig", fand ich und sagte es auch laut, doch natürlich schmeichelten mir seine Komplimente, vor allem, da ich mich selbst mit meiner – wie ich fand - schlaksigen Figur und wilder blonden Mähne, die kaum zu bändigen war, nicht sonderlich attraktiv fand. Bei mir war es mehr „Liebe auf den späteren Blick". Bei einem unserer weiteren Treffen vertraute Kurt mir an, dass er sich keine Spur für sein Studium interessierte und ich war es, die ihn ermutigte, sein eigenes Leben zu leben. Mir gefiel es, einen Mann zu mögen, der sich auch traute, seine Innerstes nach außen zu kehren. Und so begann unsere gemeinsame Zeit. Ich studierte fleißig, kam aber nicht so schnell voran, wie ich wollte, da ich neben dem Studium noch zwei Jobs stemmen musste, um durchs Leben zu kommen. Kurt „studierte" auch – sein Studium fand allerdings nicht an der Universität statt, eher in den typischen Studentenlokalen unserer Zeit. „Studium des Lebens", nannte er diesen Abschnitt und fand es amüsant, sich weder um Geld noch um seine Zukunft Gedanken machen zu müssen. Anscheinend hoffte er, in seinen Freunden Whiskey-Sour und Gin Tonic die Erlösung zu finden. Das war unsere erste Krise. Ich, total hin- und hergerissen zwischen Studium und Aushilfsjobs, einem Burn-out nahe, und ja, Kurt war auch total erledigt. Immerhin forderte das nächtelange Feiern auch bei ihm seinen Tribut. In der wenigen Zeit, die wir miteinander verbrachten, flogen die Fetzen. Erst als Kurt für ein Unternehmen zu arbeiten begann, das Sportwetten professionell anbot und er sein Talent darin fand, Buchmacher zu sein, änderte sich sein Verhalten. Plötzlich brannte er für etwas, was ihn nicht nur interessierte, sondern ihm auch noch einen ordentlichen Verdienst einbrachte. Tatsächlich gelang es ihm, eine Zeitlang nach außen hin – sprich seiner Familie gegenüber – den perfekten Studenten zu mimen. In Wahrheit sah er die Universität nur mehr, wenn er zufällig daran vorbeifuhr. Von dieser neuen Begeisterung gepackt erlebte unsere Beziehung einen neuen Aufschwung. Da Kurt doppelte Einnahmen hatte – jene seiner gutgläubigen Eltern und jene von seinem Job – machten wir den Deal, dass ich zumindest einen meiner Jobs, den zeitintensiveren, aufgeben konnte. Wir hatten wieder mehr Zeit füreinander, verstanden uns dadurch besser und beschlossen sogar eines Tages, zusammenzuziehen. Eine Idee, die sich zunächst ausgesprochen gut anfühlte, doch bald als großer Fehler herausstellte. Zuerst fiel es uns nicht auf, denn zu sehr waren wir mit unserem neuen Glück beschäftigt. Jeder mit seinem eigenen. Ich kam endlich mit meinem Studium so voran, wie ich es mir wünschte und Kurt ging voll in seiner neuen Aufgabe auf. Zwar sahen wir uns in dieser Zeit auch nicht so häufig, wie ich es gerne gehabt hätte, denn Kurts Arbeitszeiten ließen ihn oft bis in die Nacht im Unternehmen sein und natürlich musste er dann am Tag den fehlenden Schlaf nachholen, doch das war nur ein kleines Manko dieser Zeit. Bis zu dem Zeitpunkt, an dem seine Eltern – und vor allem sein Großvater – Wind von der Sache bekamen. Ich werde diesen Tag nie vergessen. Wir waren bei ihnen, in der Altbauvilla in einem der schönsten Viertel von Graz, eingeladen. Eigentlich sollte es ein ganz normales Zusammentreffen werden. Ganz normal hieß in dieser Familie ein Essen, das aus mindesten vier Gängen bestand, Unmengen an Wein (die man definitiv auch brauchte) und viele Gespräche der Männer, denn immerhin war die Villa ja die Hochburg des Patriachats. Ich hasste diese Zusammenkünfte, einzig Barbara, Kurts Schwester, war ein Lichtblick in der Runde und sie war auch der Grund, mich nicht jedes Mal ganz verloren zu fühlen. Als Medienkünstlerin war sie sowas wie das „Enfant terrible" der Familie, was sie aber nicht weiter störte. Nein, vielmehr gab es ihr eine gewisse Freiheit. Und für mich war sie die Chance bei den Treffen, nicht nur etwas über ihre Welt, die so anders war als die meine, zu erfahren, sondern auch dem öden, ermüdenden Gequatsche der anderen Familienmitglieder zu entkommen. Doch an jenem besagten Tag – leider war es erst nach dem Essen – trug sich etwas zu, was selbst uns in unseren Gesprächen innhalten ließ. Zugegeben, schon alleine deswegen, weil die ohnehin sehr laute Stimme des Großvaters, der Admiral, wie ich ihn insgeheim nannte, kein weiteres Gespräch mehr zuließ. Das erste, was wir hörten war: „Wenn du im Ernst daran denkst, dein Studium abzubrechen, kannst du gleich sagen, dass du auf dein Erbe verzichten willst, denn das wird so sein!" Und genau in diesem Ton ging es weiter. Der Großvater übermächtig, Kurt zu Beginn noch relativ kleinlaut – immerhin war seine Familie hinter sein Possenspiel gekommen – später aber dann auch sehr emotional, also laut. Kurts Vater übernahm den Part, seinem Vater kopfnickend bei allem recht zu geben. Ihn trafen ähnliche Aussagen. „Du bist ja derselbe Nichtsnutz. Kein Wunder, dass dein Sohn uns belügt". Wenn ich heute an diesen Tag denke, muss ich fast ein bisschen lachen. Das würde ich natürlich nie jemanden erzählen, doch ich kam mir vor wie gefangen in einer schlechten Soap. Und wie es dann mit Kurt und mir weiterging, war auch wie in einem schlechten Film. Mit einem Ultimatum, statt eines Desserts, verließen wir damals die Villa. Dieser Vorfall schlug Kurt so auf den Magen, dass er sich selbst nicht mehr zu helfen wusste und ich die volle Breitseite abbekam. Viel zu lange ließ ich mir alles gefallen. Seine Launen, die zwischen Wut, Trauer und Unentschlossenheit wankten. Ich warf mich in der Zwischenzeit – auch um mich abzulenken – voll in mein Studium, beendete es und hatte sogar ein Jobangebot in einem der angesagtesten Architekturbüros in Graz in der Tasche. Und ausgerechnet zu dem Zeitpunkt, als ich voll durchstarten wollte und beschloss, mich endgültig von Kurt loszusagen, erfuhr ich etwas, das mich ganz schön aus der Bahn warf: Ich war schwanger. Tja, was soll ich sagen? Diese Nachricht war zwar zuerst ein Schock, doch letztendlich wie das rettende Wasser in der Wüste unserer Beziehung. So hatte es zumindest eine Zeitlang den Anschein. Als wir uns mit der „frohen Botschaft" angefreundet hatten, kam die Freude. Mit der Freude wandelten sich Kurts Launen in eine ganz andere Richtung – er entwickelte so etwas wie ein Sicherheitsdenken. Er hatte plötzlich die Idee der perfekten Familie. Was mich am meisten erstaunte war, dass er sich plötzlich sogar dafür interessierte, die Familientradition fortzusetzen. Also nahm er wieder sein Studium auf, der Haussegen war wieder geradegerichtet und Kurt war plötzlich everybody's darling.

Doch irgendwo, bei all diesen Änderungen, blieb dennoch ich auf der Strecke. Die folgenden Jahre waren ein Wechselbad der Gefühle. Als Zoe auf der Welt war, erlebten wir ein paar Jahre, wie wir sie uns nie erträumt hätten. Wir waren – ja, das kann man wirklich sagen – eine glückliche, kleine Familie. Da Kurt unbedingt wollte, dass unsere Tochter so lang es ging von mir betreut werden konnte, ließ ich mich darauf ein, bis zu meinem erneuten Berufseinstieg so lange zu warten, bis Zoe in die Schule ging. Bis zu Kurts Studienabschluss wurden wir finanziell großzügig von der Familie unterstützt, was allerdings seinen Preis hatte. Natürlich mussten wir uns alle möglichen, nicht angebrachten Ratschläge gefallen lassen, allen voran immer wieder die Frage: „Wann bekommt Zoe endlich ein Geschwisterl?“ Selbstverständlich wurde es alles andere als wohlwollend aufgenommen, als ich verkündete, einen Job gefunden zu haben. Die Familie gab mir ganz deutlich zu verstehen, dass ich in ihren Augen eine schlechte Mutter sei, zumal ich es finanziell gesehen nicht notwendig hätte, arbeiten zu gehen. Dass man als Frau unabhängig sein will, Herausforderungen braucht und nicht dafür studiert hat, um sein restliches Leben Hausfrau und Mutter zu sein, davon hielt die Familie gar nichts. Barbara war natürlich auf meiner Seite und auch Kurt – und das rechne ich ihm heute noch hoch an – war sehr lange auf meiner Seite und hielt mir die Stange, so gut es ging. Um unser Glück perfekt zu machen, hielt er sogar um meine Hand an und wir heirateten zu Kurts 35. Geburtstag. Wenn ich heute daran zurückdenke, glaube ich eher, dass das schon die ersten Anzeichen waren. Die Ruhe vor dem erneuten Sturm, der kurz nach unserer Hochzeit mit voller Wucht losbrach. Kurts Großvater segnete im strammen Alter von 92 Jahren das Zeitige, womit nicht nur mein Schwiegervater in der Firmenhierarchie nach oben rückte, sondern natürlich auch mein Ehemann. Wir, das junge Ehepaar, wurden auf eine harte Probe gestellt, die es nicht bestand. Kurt wurde immer mehr zu „seiner Familie". Ich erkannte ihn teilweise nicht wieder. Bei einem unserer vielen Streitgespräche verlangte er sogar von mir, meinen Job an den Nagel zu hängen. Das war der Zeitpunkt, als ich wirklich erkannte, dass die Luft unwiederbringlich aus unserer Beziehung draußen war. Drei Jahre nach unserem Bekenntnis, „bis, dass der Tod uns scheidet", haben wir das Schicksal selbst in die Hand genommen und die Misere beendet. Zoe war zu diesem Zeitpunkt zwölf Jahre alt und mitten in der Vorpubertät. Das Grauen hatte eine neue Dimension.

Kapitel 2

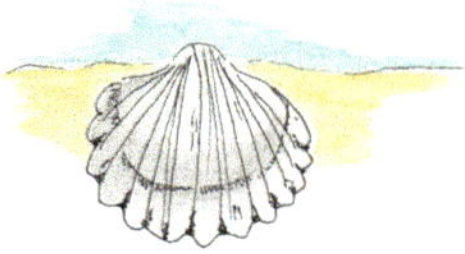

Da ich keine Lust hatte, unseren Urlaub in einem Stau zu beginnen, beschloss ich, erst am Montag nach Schulschluss in den Süden zu fahren. Wir hatten also das ganze Wochenende Zeit zu packen und – was mich betraf – mich weiterhin den Launen meiner Tochter auszusetzen. Sie sprach kaum ein Wort mit mir und falls doch, war ihre Stimme so monoton und eisig, dass ich mich nur noch mehr auf die wärmende Sonne Italiens freute. Es gab Momente, da war ich kurz davor, Zoe vor die Wahl zu stellen: Entweder, sie würde ihre Einstellung sofort ändern, oder ich würde alleine fahren. Doch ich kannte meine Tochter zu gut, als dass ich nicht wusste, dass sie liebend gerne auf das Angebot, eine sturmfreie Bude zu haben, eingehen würde. Und diesen Gefallen wollte ich ihr auf keinen Fall machen.

Montagmorgen, das Auto war gepackt, die Haustüre verschlossen, das Kind am Beifahrersitz verstaut und ich setzte mich mit dem positiven Vorsatz ans Steuer meines Autos, dass das der schönste Urlaub aller Zeiten werden würde. Immerhin hatte ich viele Sommer meiner Kindheit in Lignano verbracht und das waren immer legendäre Ferienwochen gewesen. Mit einem Schwank aus meiner Vergangenheit erfreute ich Zoe gleich nach der Abreise. „Weißt du, als ich ein Kind war, ist meine Mutter mit mir, deiner Tante und anderen Bekannten und Verwandten und mit deren Kindern am Samstag nach Lignano gereist." Ich überlegte ein bisschen und ergänzte: „Wir waren tatsächlich alles nur Frauen und Mädchen. Meine Tante mit ihren beiden Töchtern und die Schwester meiner Tante ebenso mit ihren beiden Töchtern." Ich musste ein wenig schmunzeln, als ich daran zurückdachte – Zoe verzog keine Miene. „Alle Männer, also unsere Papas, sind erst Mitte der Woche nachgekommen. Was für uns Kinder voll cool war, denn bis dahin hatten wir schon so viel geshoppt, dass wir kein Geld mehr hatten. Und unsere Väter haben uns gerne ausgeholfen", erzählte ich meine Geschichte zu Ende und mir war ganz warm ums Herz aufgrund meiner schönen Erinnerungen. Doch nicht lange. „Das wird bei mir wohl nicht passieren. Oder glaubst du, dass Papa Mitte der Woche nach Lignano nachkommt?" Pure Provokation lag in den Worten meiner Tochter und das Wort Lignano sage sie mit einer besonderen Betonung. Ich war mir nicht sicher, ob sie der Gedanke an ihren nicht nachreisenden Vater oder der Zielort unserer Reise mehr anwiderte. Wie auch immer, die Aussage hatte ihre Wirkung und ich beschloss, meine weiteren Erinnerungen – zunächst – für mich zu behalten. Was nicht schwer war, denn Zoe schlief innerhalb kürzester Zeit neben mir ein.

Die nächsten eineinhalb Stunden hatte ich kaum Zeit, um mir krumme Gedanken zu machen. Zu sehr musste ich mich auf die Straße konzentrieren. Nicht, dass viel Verkehr gewesen wäre. Mein Plan am Montag zu reisen war voll aufgegangen. Doch die Strecke von Graz durch Kärnten bis zur italienischen Grenze stellte sich als Spießrutenlauf heraus. Ich war permanent damit beschäftigt auf den Tacho meines Autos zu schauen, um nicht zu schnell zu fahren. Entweder war die Autobahn durch eine Baustelle unterbrochen, oder mir schaute ohne Vorwarnung ein Radar entgegen (und ich habe prinzipiell ein schlechtes Gewissen, wenn ich ein Radargerät oder einen Polizisten sehe) und das höchste der Gefühle war, dass plötzlich in den Kärntner Tunnels ein Achtziger angeschrieben war und es für mich keine logische Erklärung gab warum. Es war zum Verzweifeln. Ich machte mir eine geistige Notiz: Mein nächstes Auto braucht einen Tempomaten oder ich reise nur mehr mit Chauffeur. Zoe bekam von all dem rein gar nichts mit. Sie schlief den Schlaf der Seligen und ich beneidete sie darum. Ich war schon als Kind eine schreckliche Beifahrerin. In dem Moment fiel mir eine Autofahrt mit meinen Eltern und meiner Schwester in die Berge ein. Das Auto vollgepackt mit Lebensmitteln, was die Situation noch verschärfte. Denn wenn man ohnehin einen empfindlichen Magen hat, dann wirkt der Geruch von frischem Brot & Co. in einem geschlossenen Auto auf den Betroffenen wie frische Jauche an einem luftigen Sommertag. Die Leidtragende der Story war meine um zwei Jahre ältere Schwester. Wir saßen nebeneinander auf der Rückbank, mein Vater lenkte den Range Rover gekonnt aber ziemlich zügig um jede Kurve. Mein Magen mochte weder den Fahrstil meines Vaters, noch den Geruch von frischen Lebensmittel in geschlossenen Autos und schwupps, der Beweis dafür lag sofort auf dem Schoß meiner Schwester. Ich glaube, ihr graust heute noch vor mir. Schlafen im Auto ist für mich auch jetzt noch, als erwachsene Frau, ein Fremdwort. Außer ich bin extrem übermüdet, was aber selten der Fall ist.

Nach zwei Stunden dreißig kam endlich das Schild, auf das ich mich schon seit dem Start unserer Reise freute. Ein Name, der eigentlich einen Preis verliehen bekommen und leuchtend in goldenen Lettern auf den Autobahnen Italiens aufblinken sollte: Autogrill. Es gibt eine wichtige Regel, wenn man nach Italien reist. Der erste Stopp nach Passieren der Grenze in Italien heißt Autogrill. Denn nur dort bekommt man den ersten Cappuccino, wie ihn nur Italiener zubereiten können. Und nur dort bekommt man die köstlichsten Panini caldi, die man sich vorstellen kann. Dabei ist es ganz egal, ob das ganze Lokal von anderen Touristen überlaufen und schmuddelig ist, oder die Kellnerinnen den Eindruck machen, als wären sie von dir genervt. All das nehme ich an diesem Ort für einen Cappuccino und ein Panino caldo auf mich. Denn das ist der erste Ort, an dem Italien – und somit der Urlaub – wirklich beginnt. Mein Magen macht einen kleinen Hüpfer. Aber diesmal nicht, weil ich frisches Brot mit im Gepäck habe, sondern aus Vorfreude auf all das, was mir in wenigen Minuten Autogrill geben würde. Aus Vorfreude fahre ich ein bisschen zu rasant rechts von der Autobahn ab und muss daher ziemlich in die Pedale treten, damit mein kleiner Polo nicht direkt im Lokal landet. Was zur Folge hatte, dass Zoe ziemlich unsanft auf ihrem Schlaf gerissen wurde. Ganz zu ihrer Freude, wie man sich denken kann. „Sind wir da?“, fragte sie verschlafen und schaute dabei ziemlich verdattert aus dem Autofenster. „Noch nicht“, erwiderte ich überspitzt fröhlich und erklärte ihr, „aber wir sind bereits in Italien und jetzt gibt's Frühstück!“ Der Blick, den mir meine Tochter darauf zuwarf, würde Fenster zerspringen lassen. Doch ich ließ mir meine gute Laune nicht einmal dadurch verderben. Die Vorfreude war zu groß.

„Ich bleib im Auto.“

„Dann wirst du aber das köstlichste Frühstück versäumen, das du jemals gegessen hast.“

„Ich nehme das Risiko auf mich.“

Wieder einmal fragte ich mich, was ich verbrochen haben musste, um das zu verdienen. Ich stieg aus dem Auto, ließ die schlechte Luft hinter mir und spürte die ersten südlichen Temperaturen auf meiner Haut.

Ich, als Profi, wusste natürlich, wie man in einem Autogrill vorgehen muss. Zuerst zur Vitrine, aussuchen, worauf man Gusto hat. Das nahm schon etwas Zeit in Anspruch, denn die Auswahl war groß und genauso appetitlich. Ich entschied mich für ein deftiges „Panino Rustico“ mit Speck, geräucherter Provola, Tomaten, Salat und Oregano. Dann geht's zur Kassa, ansagen, was man möchte (im Idealfall in gebrochenen Italienisch, wie ich es gerne tat), zahlen und danach mit dem Bon zum Tresen zurück. Dort, je nach Menschenmenge, die auch auf ihre Bestellung wartet, mehr oder weniger auffällig mit seinem Bon wachln, damit man ja nicht übersehen wird und hoffen, dass die Bestellung vollständig übergeben wird. Was nahezu immer passiert, denn die

Kellnerinnen hinter dem Tresen sind ja Profis. Ich hatte diesmal eine besondere Freude, denn zu meinem Panino Rustico und Cappuccino habe ich mir auch eine Spremuta d'arancia, also einen frischgepressten Orangensaft, bestellt, woraufhin ich ein Cornetto mit der Fülle meiner Wahl gratis bekam. Ich freute mich auf die Crema. Montags war nicht allzu viel los, also hatte ich freie Tischwahl und wählte einen Stehtisch der sich direkt neben überdimensionalen Süßigkeiten befand. Das Paradies für alle Kinder. Gerade in dem Moment, als ich genüsslich in mein warmes Brot beißen wollte, taucht ein Schatten an meiner linken Seite auf. „Im Auto war es so heiß“, ließ mich meine Tochter wissen und legte den Autoschlüssel auf den Tisch. Ich biss ab und schloss dabei die Augen. Köstlich! Ein Schluck Cappuccino und ich war bereit für meine Tochter. „Magst einen Biss?“ Zoe schaute meine Mahlzeit an, als hätte ich einen Kuhfladen in der Hand, dennoch nickte sie und ich reichte ihr die Götterspeise. Natürlich hätte Zoe sich eher ihre Zunge abgebissen als mir zu sagen, wie köstlich sie das Panino caldo fand, doch ich sah es in ihren Gesichtszügen. Letztendlich verspeisten wir gemeinsam das köstliche Teil, bestellten einen weiteren Cappuccino und teilten uns auch noch das Cornetto.

Als wir die Raststätte verließen, hatte ich ein wohlig warmes Gefühl im Magen und war gestärkt für die Weiterreise. Vielleicht war es nur Einbildung, doch ich hatte auch das Gefühl, dass sich Zoes Laune ein wenig ins Positive gekehrt hatte. Was allerdings nicht lange von Bedeutung war. Denn wir waren gerade einmal durch den ersten Tunnel im Kanaltal nach dem Autogrill durch, da schlief sie schon wieder tief und fest am Beifahrersitz.

Kapitel 3

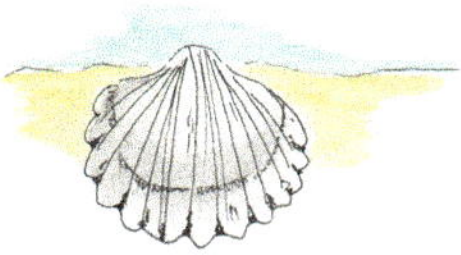

„Schade, dass du schläfst", sagt ich leise vor mich hin und schaute verstohlen zu meiner Tochter, die kein Ohr rührte. Wenn wir in meiner Kindheit durchs Kanaltal fuhren, war Regen Gesetz. Es war ein faszinierendes Schauspiel und zugleich ein bisschen beängstigend. Die schroffen, kahlen Felsen schienen in den Momenten der Durchreise ziemlich nahe zu sein, alles grau in grau. Dazu gesellte sich Angst vor der Aussicht, der Urlaub in Lignano könnte genauso verregnet werden. Doch das war nie so. Kaum aus dem Tal draußen, lachte auch schon wieder die Sonne und verhieß eine warme Urlaubswoche. Doch nun, bei dieser Fahrt mit Zoe nach Lignano, war alles anders. Selbst das Kanaltal zeigte sich von seiner schönsten Seite und mein Herz machte einen Sprung. Fast tat es mir ein wenig leid, dass ich fahren musste, denn ich konnte mich an dem Türkis des Tagliamento, der sich durch das Tal schlängelte und einmal breiter, einmal schmaler wurde, nicht sattsehen. Den perfekten Kontrast dazu bildeten die hellgrauen Steine, das Grün der Vegetation, die schroffe Bergwelt ringsherum sowie der blitzblaue Himmel. Es war einfach nur herrlich. Am liebsten wäre ich abgefahren, um in das kühle Nass zu springen. Ein Gedanke, den ich aufgrund unseres Ziels vor Augen dann aber doch beiseiteschob.

Abfahrt Latisana und das Meer rückte immer näher. Aus Rücksichtname auf meine Tochter wollte ich zuerst kein Fenster öffnen, doch als die Aussicht auf den Geruch des Meeres immer näherkam, war mir der Schlaf von Zoe egal. „Pech für dich, meine Liebe“, dachte ich mir und lies das Fenster auf meiner Seite ganz herunter. Sofort stieg mir dieser besondere Schwall an warmer Luft und Meeresbrise in die Nase. Und Hand aufs Herz – in dem Moment roch ich sogar Sonnencreme und Cornetti mit Cappuccini. Es war einfach nur großartig. Einzig ein Gedanke machte mich ein bisschen wehmütig. Als ich ein Kind war, spielten wir auf dieser Strecke das Spiel: „Wer zuerst das Meer sieht, bekommt ...“. Und das waren dann je nachdem, ob du Kind oder Erwachsener warst, ein Eis oder das erste Bier am Strand. Das hatte zur Folge, dass wir alle immer wie gebannt aus dem Fenster starrten und diejenige, die die ersten Wellen ausmachte, aufschrie, als hätte sie einen T-Rex entdeckt. Das Schönste an der Sache war, wir waren alle ziemlich lange abgelenkt und ab dem Zeitpunkt, wo das Meer in Sichtweite kam, dauerte es nicht mehr lange bis zu unserem Appartamento. Dieses Mal konnte ich das Spiel mit mir alleine spielen. Und siehe da, ich gewann und freute mich schon jetzt auf eine kühle Birra am Strand.

Wir näherten uns dem großen Kreisverkehr und ich nahm die vierte Abfahrt in die Viale Europa. Pinienbäume säumten die Straße und diese besondere Wärme, die man nur im Süden spürt, drang unweigerlich in unser Auto. Zoe rührte sich. „Gut so“, dachte ich, „dann kann ich loslegen.“ Ich schaute kurz auf mein iPhone um den richtigen Titel zu finden und drückte auf Play. Relativ leise begannen die Streichinstrumente zu spielen, was aber nicht lange andauerte, denn kurz darauf hörte man den kraftvollen Tenor Pavarottis. „Nessun dorma, nessun dorma…" Nicht, dass ich eine große Kennerin der klassischen Musik bin, doch ich mag viele Musikrichtungen. Außerdem gehört diese Erinnerung zu einer meiner Favoriten. Immer, wenn wir in meiner Kindheit die Viale Europa entlangfuhren, gab es dieses Ritual. Natürlich waren alle Fenster bereits sperrangelweit offen, denn Klimaanalage war damals ein Fremdwort. Meine Mutter drückte mit einem „Klick" die Kassette ins Autoradio und der Opernstar begann mit seiner Arie. Das war der Moment, wo keiner mehr im Auto was sagte und jeder, egal ob jung oder alt, der Stimme Pavarottis lauschte.

In diesem Moment lauschte nur ich und als der Meister gerade mit der zweiten Strophe begann, seine Stimme um ein paar Oktaven anhob und „Ma il mio mistero è chiuso in me" sang, fuhr Zoe hoch und sah mich an, als wäre ich verrückt geworden. Ich glaube sogar, sie hat mich genau das gefragt, doch ihre Worte gingen in den fulminanten Tönen der Arie unter. „Das ist …", schrie ich rüber zu meiner verärgerten Tochter, doch weiter kam ich nicht. Denn im nächsten Moment musste ich derart lachen, dass ich Gefahr lief, das Auto in den nächsten Baum zu lenken. Die Ironie des Titels der Arie – Nessun dorma, also keiner schlafe - gepaart mit dem aberwitzig grantigen Blick Zoes, gab mir den Rest. Als ich mich wieder halbwegs eingekriegt hatte, sagte ich, ohne auf Verständnis zu stoßen: „Dieses Lied ist noch nie passender eingesetzt worden“, woraufhin es mich wieder schüttelte vor Lachen. Pavarotti sang, „Vincerò“, sein fulminantes Finale in voller Lautstärke, doch selbst das konnte mein Gackern nicht übertönen. „Das ist Tradition und läutet unseren Urlaub ein“, sagte ich kurz darauf halbwegs gefasst zu Zoe. Ihr missbilligender Blick und das dazu passende Kopfschütteln konnte mir in diesem Moment nichts anhaben, wir waren kurz vor unserem Ziel.

Für unseren Urlaub hatte ich uns ein Apartment von Bekannten meiner Eltern in einer Anlage mit dem klingenden Namen „Residence La Porta del Mare“ organisiert. Es war riesig, hatte Marmorfußböden, drei Zimmer und einen großen Balkon mit Blick direkt auf die Hafenanlage und einen Steg, an dessen Ende ein Leuchtturm stand. Es war perfekt. Ich fühlte mich sofort wohl und hatte den Eindruck, Lignano noch nie aus dieser Perspektive gesehen zu haben. Denn obwohl wir in Sabbiadoro waren, lag man hier ein bisschen abseits vom Getümmel und auch die vollen Strandabschnitte waren von hier aus nicht zu sehen. Dennoch war man innerhalb weniger Minuten mittendrin, wenn man das wollte. Als ich ein Kind war, haben wir immer „mittendrin“ gewohnt. Mir fallen die zwei Anlagen „La Tuna“ und „La Torre“ ein, ich weiß jedoch nicht mehr genau, in welchem der beiden wir gewohnt hatten. Doch eine Story gab ich Zoe gleich zum Besten. „Meine Freundin und ich sind irgendwann am Balkon unseres Apartments ganz weit oben gesessen und haben uns damit amüsiert, Weintrauben zu essen und die Kerne runter zu spucken. So lange, bis von unten jemand wild zu uns raufschimpfte. Wir sind natürlich sofort in Deckung gegangen und haben uns fast totgelacht." Zoe, die gerade damit beschäftigt war, sich eine Meinung über unsere aktuelle Behausung zu machen, schaut mich an und sagt monoton: „Krasse Story, Mama." Mit diesen Worten verschwand sie in ein Zimmer und ich hörte sie daraus rufen: „Das ist meines!" Mir war es egal, denn ich fand alle Zimmer schön und so quartierte ich mich in dem Schlafzimmer ein, das an den Wänden alte Ansichten von Lignano hängen hatte. „Sehr gut", dachte ich. „Der perfekte Raum um weiterhin in schönen Kindheitserinnerungen zu schwelgen."

Kapitel 4

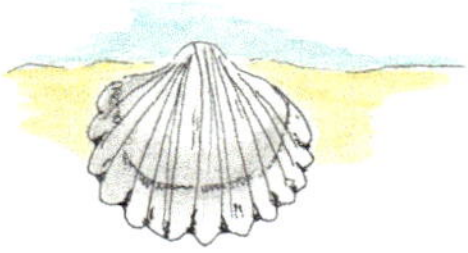

Nachdem Zoe und ich uns eingerichtet und umgezogen hatten, machten wir uns auf den Weg zum Strand. Mit unseren Taschen bepackt schlenderten wir den Lungomare Marin entlang. Links das Meer, rechts Restaurants, Apartments und Hotels. Neben den typischen Geräuschen von plaudernden und lachenden Menschen schaffte sich noch ein Geräusch ordentlich Gehör: ein Rasseln wie von ganz kleinen Perlen, die permanent in einem Gefäß geschüttelt wurden. Auch Zoe wurde drauf aufmerksam und fragte mich, was das sei. „Zikaden", gab ich zur Antwort und als sie mich noch immer fragend ansah, erklärte ich ihr, „das sind Insekten, die in den Bäumen leben." „Hast du schon einmal eine gesehen?" fragte sie mich noch und ich schüttelte als Antwort den Kopf. „Doch für mich gehört dieses Geräusch irgendwie zum Urlaub dazu. Wenn ich das höre, wird es gleich noch einmal um ein, zwei Grad wärmer, findest du nicht auch?" „Weiß nicht", antwortete meine Tochter knapp, zuckte dabei mit ihren Schultern und wir gingen weiter. Ich war erstaunt, wie vertraut mir alles erschien. Der Strand mit seinem feinen, goldgelben Sand, der belagert war von unzähligen Menschen, die unter Schirmen auf Liegestühlen lagen, um sich vor der Sonne zu schützen. Das Meer reichte soweit das Auge sehen konnte, gespickt mit kleinen Booten, plantschenden Kindern und schwimmenden Urlaubern, deren Köpfe wie Stecknadeln aus dem Wasser herausragten. Alles wirkte ein bisschen träge, was nicht verwunderlich war, zeigte sich die Sonne wieder einmal von ihrer besten Seite, obwohl es noch nicht einmal Mittag war. Der vertraute Geruch von Sonnencreme und Meer versetzte mich sofort in Urlaubsstimmung und es war, als würde sich plötzlich ein Schalter umlegen, der auch mich in diese träge Stimmung katapultierte. Doch neben all dem Vertrauten war ich ebenso fasziniert, was sich an den Angeboten am Strand alles verändert hatte. Ich kannte den Strandabschnitt ganz oben noch als freien Strand, teilweise sogar mit FKK-Gästen. Hier konnte man gratis liegen, es wurden dafür aber auch keine Schirme und Liegebetten angeboten. Heute gab es dafür etwas ganz anderes: wir sahen einen Standabschnitt, der lauter kleine, mit Holzlatten eingezäunte Bereiche hatte. Und noch bevor ich Zoe verblüfft fragen konnte, was das sein sollte, sah ich den Grund – Hunde in allen Größen und Rassen. Und ein Stückchen weiter vorne auch den Beweis in Form einer großen Hinweistafel: „Doggy Beach". „Mama, bitte schau mal wie süß!" Zoe zeigte runter zum Meer, wo ein Weimaraner, sicher noch kein Jahr alt, versuchte ins Wasser zu gehen. Anscheinend war ihm das kühle Nass, das immer wieder vor und zurückging, nicht ganz geheuer, woraufhin er beschloss, es anzubellen und ziemlich verdattert dabei dreinschaute. Zoe und ich beobachteten die Szene eine Zeitlang und amüsierten uns köstlich. Das war das erste Mal seit unserer Abreise, dass ich meine Tochter lachen sah. Ich war glücklich.

Wir kamen zu den ersten Strandbüros zwei und drei und wurden gleich von einem freundlichen Italiener in roten Shorts und weißem T-Shirt mit einem „Ciao, belle!“ begrüßt. Wir grüßten beide zurück und grinsten dabei über beide Ohren. „Schau Zoe“, sagte ich an meine Tochter gewandt und zeigte die Einbahnstraße, den Lungomare Trieste, entlang. „Wenn du hier entlanggehst, kommst du an allen 19 Strandbüros von Lignano Sabbiadoro vorbei und jeder Strandabschnitt unterscheidet sich durch andere Sonnenschirmfarben.“ Das war zwar nicht die Hammerinformation, aber meine Tochter tat zumindest so, als würde sie das interessieren. Unser Strandabschnitt hatte die Sonnenschirmfarbe Weiß und wir bekamen einen Schirm mit zwei Betten in Reihe dreizehn. Zwar nicht erste Reihe fußfrei, dafür aber auch nicht so weit zu den Duschen, den Toiletten und – was für mich fast am wichtigsten war – zum „Strandtschecherl“. „Strandtschecherl?“, fragte meine Tochter empört, als sie diesen Ausdruck zum ersten Mal von mir hörte. „Was soll das denn sein?“ „Naja, ein Tschecherl ist ein Lokal und diesen Ausdruck kann man überall auf der Welt anwenden. Ist sozusagen interkulturell“, erklärte ich, als wäre dieser Ausdruck Teil einer wissenschaftlichen Studie. Zoe rümpfte die Nase und erwiderte: „Also, ich werde diesen Ausdruck nicht benutzen. Ich werde, wie es sich in Italien gehört, ‚Bar‘ dazu sagen.“ „Wie du meinst, mein Schatz“, antwortete ich amüsiert und fragte, „gehst jetzt mit ins Tschecherl, oder nicht?“

„Una birra piccola, grazie“, intonierte ich ein paar Minuten später in meinem perfektesten Italienisch. Der freundliche

Kellner, vielleicht war es auch der Besitzer, schaute mich mit seinen dunklen Augen und einem freundlichen Lächeln an und sagt: „Ein kleines Bier, sehr gerne, Signora." Es dauerte nicht lange und er kam mit ein paar Chips und meinem Bier wieder. Ich freute mich über diese besondere Gastfreundschaft der Italiener, ihre Gäste immer mit etwas zum Knabbern zu erfreuen. Außerdem gefiel mir die Geschäftstüchtigkeit, denn sie wussten genau, dass salzige Beigaben durstig machen. Doch als ich mein Bier sah, traute ich meinen Augen nicht und ärgerte mich gleichzeitig über mich selbst. Denn ich hatte vergessen, dass in Italien das kleine Bier wirklich klein war, nämlich nur 0,2 Liter. Der Kellner musste wohl meinen Gesichtsausdruck gesehen haben und fragte sogleich lächelnd: „Ancora una?" Ich nickte dankbar, freute mich auf den ersten – in diesem Fall vielleicht sogar einzigen - Schluck und prostete mir davor noch im Gedanken zu: „Darauf, dass du als Erste das Meer gesehen hast. Salute, Julia." So genoss ich eine Zeitlang die Ankunft in dem Ferienort meiner Kindheit. Ich beobachtete die Gäste im Lokal, das fast keinen freien Platz mehr an seinen weißen Plastiktischen bot. Paare saßen sich plaudernd gegenüber, vor ihnen ein Cappuccino oder ein Spritz. Manche Tische waren zusammengestellt, um größeren Gruppen Platz zu bieten, die fleißig auf dies und das anstießen und offensichtlich einen ziemlichen Spaß hatten. Auf den Tischen sah ich Krüge mit Mischgetränken, weiße Spritzer vermutete ich. Ich war mir sicher, dass das nicht deren erste Runde war und ganz bestimmt nicht die letze. Doch am meisten faszinierte mich eine junge Familie, Vater, Mutter, Kind. Das Kind, es wird so vier, fünf Jahre alt gewesen sein, schleckte begeistert an einem Eis. Die Mutter, etwas untersetzt, redetet pausenlos auf das Kind mit einem ziemlich wilden weststeirischen Dialekt ein. Mach nicht dies, mach das, pass auf ... und so ging es pausenlos. Das Kind ließ sich dadurch aber nicht beirren und ich hatte sogar die Vermutung, dass es nicht einmal mitbekam, dass seine Mutter ständig keppelte. Womöglich hatte das Kind das Gemüt des Vaters geerbt, denn auch dieser saß mit Boxershorts, T-Shirt und Baseballkappe auf seinem Stuhl, tat so, als würde ihn alles nichts angehen und klammerte sich an sein Bier, als sei es sein Rettungsanker. „Wer kann es ihm verdenken“, dachte ich mir noch und kritzelte gedankenverloren ein paar Skizzen von meiner Aussicht auf den Strand mit einem Bleistift, den ich immer mit mir trug, auf eine Serviette. „Bella!“ Die Worte rissen mich aus meinen Gedanken. Es war der freundliche Kellner, der neben mir mit meinem zweiten Bier auftauchte. „Grazie“, sagte ich verlegen, als hätte er mich bei etwas Verbotenem erwischt. „Per me ... ist das für mich?“, frage er. Ich schaute ihn an, dann die Serviette, sagte: „Warum nicht?“, und gab das Teil achselzuckend weiter. Er hielt es in seiner Hand, schaute es so glücklich an, als hätte ich ihm die Mona Lisa überreicht und sagte: „Du kannst das gut.“ Daraufhin erklärte ich ihm, dass ich schon immer für mein Leben gerne gezeichnet hätte und dass es so eine Art Marotte von mir sei, Skizzen von Situationen und Dingen, die mir gefielen, anzufertigen. „Ich habe immer meinen Stift dabei, aber meist kein Blatt Papier.

Daher verwende ich, was ich finde“, beendete ich meine Erklärung. Der nette Italiener wollte noch, dass ich das Bild signiere. „Nur für den Fall, wenn du einmal berühmt wirst“, sagte er mit einem Augenzwinkern. Und so kam es, dass an der Wand im Tschecherl des Ufficio tre, gut sichtbar für jeden, eine signierte Skizze von mir hing.

Kapitel 5

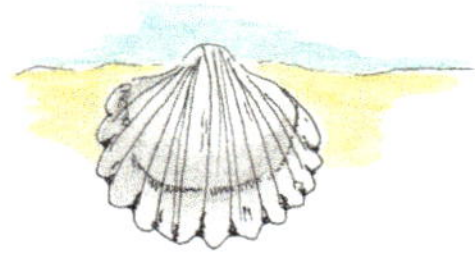

Zoe und ich verbrachten unseren ersten Urlaubstag am Strand von Lignano Sabbiadoro äußerst gemütlich. In der Sonne liegen, lesen, ein bisschen im Meer abkühlen, oder besser gesagt nass machen, denn abkühlen wäre übertrieben und alles wieder von vorne. Am frühen Nachmittag bekamen wir Hunger und machten uns abermals – diesmal gemeinsam – ins Tschecherl, oder wie Zoe es sagen würde, in die Bar auf. In der Zwischenzeit wusste ich schon, dass der nette Kellner mit den hellseherischen Fähigkeiten und dem Hang zur Kunst auch der Besitzer des Lokals war und Damiano hieß. Er begrüßte uns als wären wir alte Freunde, wusste sofort, dass ich ein Bier wollte (diesmal ein birra grande) und Zoe bestellte sich ein Lemonsoda. Für mich gab es einen Insalta Tuna und für Zoe einen Insalta Caprese. Als die beiden Salate kamen, gingen uns fast die Augen über. Meine Salatschüssel war reich gefüllt mit grünen Salatblättern, Tomaten, Paprika, Oliven und natürlich Tunfisch. Zoes Caprese machte auch den Anschein, also würden zwei Personen davon satt werden und sah mit den vollreifen Tomaten und dem darauf drapierten Mozzarella köstlich aus.

Während des Essens beobachte ich immer wieder junge Italiener, die ohne Genierer meine Tochter anstarrten. Ich konnte es ihnen nicht verübeln, denn mit ihren 15 Jahren war sie sehr gut entwickelt. Ihre schlanke Figur wurde durch ihre langen Beine unterstrichen und der knappe Bikini zeigte mehr her, als einer Mutter lieb war. Noch dazu hatte sie hellblondes Haar und war damit für alle Italiener wie das Licht in einer dunklen Nacht für ein Insekt. Ich wusste, wovon ich sprach, denn erstens war auch ich blond und zweitens irgendwann einmal jung gewesen. Unwillkürlich musste ich an die Zeit denken, als meine Freundin und ich Lignano unsicher gemacht hatten. Wir waren beide blond und konnten uns vor Pfiffen und Belle-Bionde-Rufen nicht retten, wenn wir die Einkaufsstraße entlanggingen. Natürlich haben wir uns ab und zu auf ein paar Gespräche eingelassen, die für die Italiener den einzigen Zweck hatten, ihr Objekt der Begierde genauer und von der Nähe betrachten zu können. Woraufhin ich immer den Kürzeren gezogen habe, denn ich war flach wie eine Flunder, wogegen meine Freundin schon in jungen Jahren wie Marilyn Monroe ausgestattet war. Als ich daran dachte, musste ich ein wenig schmunzeln. „Was ist?“, fragte mich Zoe. „Nichts Besonderes. Ich musste nur an etwas denken, aber das würde dich sowieso nicht interessieren“, gab ich meiner Tochter zur Antwort. „Oh, ja, sag schon“, die Neugierde meiner Tochter war geweckt. Ich erzählte ihr von meiner Erinnerung, die sie offensichtlich amüsierte und verblüffte zugleich. „Ich kann mir gar nicht vorstellen, dass die Männer dich ignorierten.“ Nun war ich es, die erstaunt war. Offenbar war die Wahrnehmung meiner Tochter, was mein Äußeres betraf, und meine eigene unterschiedlich. Doch ich musste zugeben, ich hatte mich gemausert. Mit meinen 45

Jahren hatte ich nicht nur eine schlanke, sondern dank Ausdauer- und Kraftsport auch sportliche Figur. Mit meiner wilden, blonden Mähne, die ich als junge Frau überhaupt nicht mochte, hatte ich mich in der Zwischenzeit angefreundet und trug sie überschulterlang, passend zu meiner knapp 1,70 m Körpergröße. Und was „flach wie eine Flunder" betraf – mit Körbchengröße B war ich ganz zufrieden.

Nach dem Essen ging es wieder zurück auf unsere Liegen und ich beobachtete die anderen Menschen am Strand. Viele Italiener hatten schon, noch bevor wir zum Essen aufgebrochen waren, ihre Sachen gepackt und waren für die Siesta in ihre Appartamenti zurückgekehrt. Es würde noch gut eine Stunde dauern, bis ich sie wieder am Strand sehen würde. „So wie wir früher", dachte ich mir und landete schon wieder in der Vergangenheit. Ich erinnerte mich an das köstliche Pollo al spiedo, das gebratene Hähnchen und an die Calamari fritti, die meine Eltern für uns am Weg zurück ins Apartment in dem kleinen Laden gekauft hatten. Allein dieser Gedanke reichte und mir rann das Wasser im Mund zusammen. „Massage?", hörte ich neben mir jemanden fragen. Ich brauchte einen Moment, um wieder in die Gegenwart zurückzukehren und sah neben meinem Bett eine kleine Frau stehen, die asiatisch aussah und mir einen folierten Zettel mit Zeichnungen unter die Nase hielt. Im ersten Moment wusste ich mit der Situation nichts anzufangen, erst als sie erneut „Massage?", fragte, schüttelte ich den Kopf und sagte: „Nein, danke", und um es zu verdeutlichen noch einmal, „no, grazie." Träge bewegte sich die Frau von mir weg und ich fragte mich, wie man den ganzen Tag, voll bekleidet, am Strand von Bett zu Bett laufen konnte, ohne einen Hitzeschlag zu bekommen. Da fiel mir ein, dass es noch eine Steigerungsstufe gab. Die afrikanischen Verkäufer, die am Strand Handtücher, Sonnenbrillen, Handtaschen und allerlei andere Ware anboten, waren so gekleidet, dass ich schon bei deren Anblick einen Schweißausbruch bekam. Doch es war ohnehin besser, keinen Blick auf sie zu richten, außer, man wollte ihnen tatsächlich etwas abkaufen. Wie aufs Stichwort näherte sich mir einer dieser Verkäufer und ich konzentrierte mich schnell auf etwas in der entgegengesetzten Richtung. Ich beobachtete Kinder, die im Schatten Sandburgen bauten und Löcher in den Sand gruben. „Manche Dinge ändern sich nie“, dachte ich zufrieden. Unten am Meer sah ich einige Menschen den Strand entlanggehen und sich dabei unterhalten. Direkt neben mir schlief eine Frau, die sicher mindestens 15 Kilo Übergewicht hatte und einen Kinderwagen, der zusätzlich zum Schirm von einer Windel geschützt wurde. Wahrscheinlich Mutter und Kind und ich dachte mir noch: „Was für ein friedliches Bild“, bevor ich selbst langsam, aber sicher im Schatten und im Stimmengewirr einschlummerte.

Ich hatte keine Ahnung, wie lange ich geschlafen hatte, doch ich wusste, warum ich es nicht mehr tat. „Bello! Coccobello!“ Dröhnte eine Stimme direkt in meinem Kopf. So kam es mir zumindest vor. Wie vom Blitz getroffen setzte ich mich auf und musste mich sofort wieder zurücklegen, da sich alles um mich herum drehte. „Verdammt! War der Typ schon immer so laut gewesen?“ Die Antwort war sofort zur Stelle. „Bello!

Coccobello!!" Nun setzte ich mich ein wenig langsamer auf und drehte mich in die Richtung, wo das bekannte Geschrei herkam und ich traute meine Augen nicht. Der Coccobello-Typ hatte doch tatsächlich ein Megaphon in der Hand. Sonst war aber alles gleich wie in meiner Kindheit. Die Kokosnüsse lagen aufgeschnitten auf einem Palmblatt und einen Kübel Wasser zum Kühlen und Reinigen führte er auch mit sich. Ich riss mich von der Szene los und sah, dass Zoes Liegebett neben mir leer war. Ich versuchte meine Tochter im Meer auszumachen, doch ich konnte sie nicht entdecken. „Auch schön", dachte ich und schnappte mir die Bunte, die ich mir extra mit anderen Zeitschriften mit den klingenden Namen wie Gala, InStyle und Woman für diesen besonderen Urlaub gekauft hatte. „Denn wenn man schon am ‚Hausmeister-strand' liegt, dann sollte man auch dementsprechend informiert sein", erklärte ich Zoe, als ich die Magazine noch schnell vor unserer Abreise in der Trafik gekauft hatte. Eine Aktion, bei der ich ausnahmsweise einmal nicht auf einen missbilligenden Blick meiner Tochter gestoßen war. Immerhin konnte sie damit ihre eigenen „Bildungslücken" füllen. Plötzlich, ich war gerade in der hinreißenden Story über das neue Leben der Royals nach dem Megxit gefangen, hörte ich Zoe schon von Weitem über den Strand hetzen und ich dachte zunächst, der Sand sei so heiß. Doch im nächsten Moment sah ich ein neues, zum Leben erwachtes Kind vor mir, das mir außer Atem und aufgeregt erklärte: „Mama, ich bin ein bisschen den Strand entlanggegangen und da vorne, nach diesem komischen Teil, das ins Meer hinausragt, ist ein

Beachvolleyballplatz. Dort habe ich ein paar Jugendlichen beim Spielen zugesehen und sie haben mich gefragt, ob ich mitspielen mag. Darf ich?" Meine Tochter schaute mich mit ihren großen, blauen Augen flehend an und sie war in dem Moment zuckersüß. Sie konnte also doch noch lieb sein, wenn sie wollte. Aber nein, mein Fräulein, so einfach würde ich es dir nicht machen. „Also, erstens einmal, das komische Teil, das ins Meer hinausragt ist die Terrazza a Mare, ein Wahrzeichen von Lignano Sabbiadoro. Und zweitens, was soll das heißen, du willst mit einer Gruppe jugendlicher Italiener, ich nehme an, es sind Burschen, Volleyball spielen?" Ich versuchte streng zu klingen, freute mich aber insgeheim, dass Zoe endlich ein bisschen auftaute. „Also erstens sind es keine Italiener. Alle sind aus Österreich oder Deutschland und es ist eine gemischte Gruppe. Alle so in meinem Alter", erklärte sie mir immer noch ganz aufgeregt und legte ein weiteres flehendes „Darf ich?" nach. Ich musste lachen und stimmte zu unter der Voraussetzung, sie würde sich davor noch einmal gut mit Sonnencreme eincremen und ihr Kapperl aufsetzen. Damit war Zoe einverstanden, sie tat, wie ihr geheißen und war so schnell wie der Blitz wieder weg. Was mit sich brachte, dass die Sonnencreme in den Sand flog und mich schnell daran erinnerte, was nicht so toll war an einem Sandstrand: Der Sand, der einen überallhin verfolgte. Schuhe, Badetasche, Bikinihose, Apartment ... alles war immer voller Sand. Wie auch jetzt die Lotion, die ich mit zwei Fingern aus dem Sand fischte und mir erst gar nicht die Mühe machte, sie abzuputzen. Stattdessen widmete ich mich lieber wieder meinem allwissenden Magazin.

Irgendwann wurde es mir zu bunt. Megxit da, Céline Dion dort, Drama hin und her – ich brauchte eine Auszeit von all den Promis und zudem Bewegung. Ich schlenderte also runter zum Meer und bewegte mich entlang des Wassers in Richtung Pineta. Laut Sonne dürfte es 17 Uhr sein und sowohl der Strand als auch das Meer waren voll mit sonnenden, badenden und spielenden Touristen und Einheimischen. Alle waren ausgelassen und entspannt, bis auf eine Person, die mir besonders ins Auge stach. Braungebrannt, rot gekleidet und auf seinem T-Shirt war in weißer Aufschrift Salvataggio zu lesen. Mit seinem muskulösen Körper, seinem kahlen Kopf und seiner Fliegerbrille wirkte dieser Rettungsschwimmer zwar ziemlich cool, doch mir flößte er hauptsächlich Respekt ein. „Irgendwie erinnert der mich an die Türsteher in meiner Jugend“, dachte ich mir und ging schnell an ihm vorbei. Er würdigte mich ohnehin keines Blickes, so sehr war er auf das Geschehen im Wasser konzentriert. Ich folgte seinem Blick und sah etwas weiter draußen im Meer zwei Jugendliche auf Matratzen. Ich musste an meine Freundin und mich denken, denn als Jugendliche liebten wir es den ganzen Tag auf unseren Matratzen im Meer zu sein. Lächelnd setzte ich meinen Spaziergang fort. Viele taten es mir nach und gingen auch am Meer den Strand entlang. Wenn sie sich unterhielten, hörte ich einige Sprachen, vor allem jedoch deutsch und italienisch. Die Italiener brauchte ich aber gar nicht zu hören, sie erkannte ich schon von weitem an ihren wilden Gestikulationen. Wieder einmal wurde mir bewusst, wie sehr ich dieses Land und seine Sprache liebte. Bevor ich zu studieren begonnen hatte, nahm ich mir für zwei Monate eine Auszeit und beschloss, gemeinsam mit einer Freundin für je ein Monat nach Florenz und Rom zu reisen. Vormittags besuchten wir dort eine Sprachschule und nachmittags und nachts erkundigten wir die Städte. Von Florenz aus haben wir viele Orte in der Toskana besucht und in Rom gab es genug in der Stadt zu erkunden, sodass ein Monat fast zu kurz wurde. Vor allem Rom hatte es mir angetan. Für mich ist die italienische Hauptstadt heute noch ein Sehnsuchtsort. Es war eine der herrlichsten Zeiten in meinem Leben und ich kann behaupten, dass ich nach diesen zwei Monaten wirklich respektabel Italienisch sprach. Doch kaum in Österreich zurück, betrieb ich es nicht mehr weiter, mein Studium begann und ich verlor immer mehr den Wortschatz, den ich mir in dieser Zeit spielerisch angeeignet hatte. Tja, und was ist heute noch davon übriggeblieben? Ich sage nur: Una birra piccola! „Was für eine Schande!“, dachte ich bei mir.

Kapitel 6

Ich war so in meinen Gedanken versunken, dass ich nicht bemerkte, wie weit ich schon gekommen war. Da ich die Terrazza a Mare hinter mir gelassen hatte, blickte ich mich nach rechts um, ob ich die Beachvolleyballplätze sehen würde. Und tatsächlich, da waren sie auch. Ich ging durch den Sand, der zum Glück nicht mehr so heiß war, dass man das Gefühl hatte, bei jedem Schritt hüpfen zu müssen, und suchte nach Zoe. Es dauerte zwar ein bisschen, doch plötzlich sah ich sie inmitten einer Gruppe junger Leute, die sichtlich ihren Spaß dabei hatten, das Spiel am Laufen zu halten. Es wurde gelacht, geklatscht, geschrien und noch einmal gelacht. Mir ging mein Herz auf, wenn ich an meine Tochter dachte, die in den letzten Tagen so verschlossen gewesen war und nun die Stimmungsbombe schlechthin. In dem Moment, als hätte Zoe gespürt, dass ich sie beobachtete, trafen sich unsere Blicke. Sie winkte mir zu, ich winkte zurück und deutete mit der rechten Hand und meinem Zeige- und Mittelfinger an, dass ich Spazierengehen würde. Sie verstand und richtete wiederum ihren Daumen nach oben, gefolgt von einem strahlenden Lächeln. Zufrieden ging ich wieder zum Wasser und setzte meine Wanderung Richtung Pineta fort. In meiner Kindheit gab es nur Lignano Sabbiadoro. Pineta war was für Langweiler und Riviera, der letzte Zipfel von Lignano, was für alte Leute. Heute wäre ich schon bereit, ein bisschen mehr zu erkunden, obwohl Riviera mit seinem Golfplatz wahrscheinlich nach wie vor nicht mein Herz erobern würde. Aber wer weiß? Nach einer Weile beschloss ich umzukehren, denn ich hatte Lust auf der Terrazza a Mare, der muschelartigen Plattform, einen Sundowner zu nehmen. Bei meinem Rückweg musste ich an einen Artikel über Lignano denken, den ich vor Kurzem gelesen hatte. Darin stand, dass man die Stadt in den 1920er-Jahren nur über das Meer erreichen konnte. Daher wurde in etwa an der Stelle der heutigen Terrazza a Mare eine Seeterrasse gebaut, die als Anlegestelle diente. Außerdem soll es damals, so stand es im Artikel, total beliebt gewesen sein, dass man plaudernd über das Meer spazieren konnte. „Komisch", dachte ich nun, „da wird ein Urlaubsort wie Lignano von manchen so abschätzig bewertet und als Hausmeisterstrand beschimpft, dabei steckt doch so viel Geschichte dahinter." Ich betrat also die Terrazza a Mare würdevoller, als ich es noch ohne dieses Wissen getan hätte, „spazierte" über das Meer und genoss es, auf geschichtlichem Untergrund zu schreiten. Alleine das Plaudern ließ ich, denn ich glaube, dann hätte ich mein Plätzchen an der Abendsonne nicht mehr erreicht. Ich hatte auch so das Gefühl, dass mich einige Touristen komisch angafften.

„Un Spritz Veneziano. Grazie", sagte ich wieder in meinem perfektesten Italienisch und wurde bald darauf mit einem leuchtend orange-roten Getränk in einem großen Weinkelch, in dem am Rand eine Orangenscheibe steckte, belohnt. „Das perfekte Getränk für einen Sundowner", dachte ich mir und genoss den ersten kühlen Schluck. Ich schloss die Augen und versuchte mich nur auf die Geräusche zu konzentrieren. Was war da? Zunächst nahm ich die Wellen war, die einmal kräftig einmal sanft gegen die Betonmauern der Terrazza a Mare schwappten. Dann hörte ich die Möwen, wie sie kreischend hin und her flogen in der Hoffnung etwas Essbares abzubekommen. Dann hörte ich Kinderlachen. Es war ein lustiges, spielerisches Lachen und dann hörte ich noch das Stimmengewirr aller anderen Gäste in der Nähe und weiter weg. Und dann hörte ich noch etwas und das war definitiv direkt neben mir: „Scusi, Signora. É voi?“ Ich öffnete die Augen und sah ... zunächst gar nichts. Denn ich schaute direkt in die Sonne und war sowas von geblendet. Als ich endlich wieder sehen konnte, blickte ich in zwei warme, braune Augen, die mich neugierig und amüsiert musterten. Ich hatte noch immer nicht meine Stimme wiedergefunden, also wiederholte er seine Frage, diesmal auf Deutsch: „Gehört das Ihnen?“ Ich sah einen attraktiven Mann vor mir stehen, offensichtlich Italiener um die fünfzig. Er hatte eine grüne Short und ein weißes Polohemd an, dessen Kragen aufgestellt war. Seine dunklen Haare waren lockig und sein unverschämtes Grinsen ließ seine Augen strahlen. Erst jetzt bemerkte ich, dass der Mann vor mir eine Sonnenbrille in der Hand hielt, die aber nicht nach meiner aussah. Außerdem erinnerte ich mich blitzschnell daran, dass ich ohne meine Sonnenbrille zum Spaziergang aufgebrochen war. Ich antwortete, „no, nein, das ist nicht meine.“ Der Italiener zuckte mit den Schultern und ging davon. Ich war ein wenig verärgert. Denn erstens hatte mich dieser Typ aus meinem Hör-Experiment gerissen und zweitens war ich mir sowas von sicher, dass das eine plumpe Anmache war. Sicher rannte er den ganzen Tag mit dieser Sonnenbrille herum und versuchte so Kontakt zu irgendwelchen österreichischen oder deutschen Frauen zu finden. Ich bin mir sogar sicher, dass er Erfolg mit dieser Nummer hatte. „Aber nicht mit mir", dachte ich mir triumphierend, nahm einen großen Schluck meines Spritz Veneziano und gratulierte mir im Gedanken zu meiner Scharfsinnigkeit. Blöd nur, dass ich etwas später beobachtete, wie genau derselbe Italiener einer alten Dame ihre Sonnenbrille übergab, die sich so sehr freute, dass sie ihm um den Hals fiel. Ich beobachtete etwas beschämt diese Situation und zu meinem Pech sah der Italiener genau in demselben Moment, verschlungen in dieser Umarmung, in meine Richtung, unsere Blicke trafen sich und er grinste mich wieder einmal unverschämt an. Ich wäre am liebsten im Erdboden versunken ob meiner Vorurteile. Stattdessen trank ich aus, zahlte und verließ diesen Ort der Schande.

Kapitel 7

Als ich zu unserem Platz am Strand zurückkam, lag Zoe schon auf ihrem Liegebett mit den Airpods in ihren Ohren und geschlossenen Augen. Als sie mitbekam, dass ich zurück war, schaltete sie die Musik aus und fragte mich vorwurfsvoll: „Wo warst du so lange?" Sie hatte also ihre alte Form wieder zurück. Was für eine Freude. Ich hatte keine Lust mich zu rechtfertigen und sagte nur: „Wir sollten schon langsam zusammenpacken und ins Apartment gehen. Dann können wir duschen und uns ein nettes Lokal fürs Abendessen suchen." Ein knappes „Okay" von meiner Tochter, wir packten unsere sieben Sachen und machten uns auf den Weg zurück Richtung Hafen.

Nun war ich es, die sehr ruhig war. Ich hatte keine Lust, mich einer weiteren Stimmungsschwankung meiner Tochter auszusetzen. Außerdem war ich hungrig, was meine eigene Stimmung nicht gerade förderte. Und doch tat es mir fast ein bisschen leid, den Strand nun zu verlassen, denn ich liebte diese Abendstimmung. Die meisten Menschen hatten ihre Plätze schon in Richtung Apartment oder Hotel verlassen, was eine gewisse Ruhe mit sich brachte. Die Sonne wurde viel weicher und milder, als wollte sie sagen: „Komm, bleib noch ein bisschen." Gerne wäre ich dieser Aufforderung nachgekommen, wäre da nicht dieser blöde Hunger gewesen. So in meine Gedanken vertieft ergriff plötzlich Zoe die Initiative und fragte mich: „Wohin wollen wir denn essen gehen und was machen wir danach?“ Vorsichtig tastete ich mich heran, um festzustellen, wie ernst diese Fragen waren. „Worauf hast du den Gusto?“, fragte ich also vorsichtig zurück. „Ich hätte heute gerne eine Riesenportion Pasta mit Frutti di Mare“, gab sie zur Antwort, fügte aber schnell hinzu, „wenn du aber was anders möchtest, ist es mir auch recht.“ Schön langsam kam mir die Situation verdächtig vor. Warum war Zoe plötzlich so aufmerksam und zuvorkommend? Da war doch was im Busch. „Pasta ist perfekt“, sagte ich also und fragte, „und danach wollen wir bummeln gehen?“ „Also“, begann der nächste Satz meiner Tochter, ein eindeutiges Indiz dafür, dass sie andere Pläne hatte. „Wärst du mir sehr böse, wenn ich mich danach noch mit meinen neuen Freunden treffe? Du weißt schon, die vom Volleyball. Sie treffen sich alle um 21 Uhr beim Springbrunnen und haben mich gefragt, ob ich auch komme.“ Nun war also die Katze aus dem Sack und ich hörte mich sagen: „Sicher kannst du dich mit deinen Freunden treffen.“ Doch gleichzeitig dachte ich mir: „Und was mach ich dann so alleine?“ Doch im nächsten Moment war klar, dass alles besser war, als eine schlechtgelaunte 15-Jährige an meiner Seite. Außerdem konnte ich gut verstehen, dass man lieber mit Gleichaltrigen seinen Abend verbringen wollte, als mit seiner Mutter. Ich freundete mich also mit dem Gedanken an und hatte somit die Hoffnung auf ein angenehmes Abendessen mit meiner Tochter.

Da das Apartment zwei Bäder hatte, konnten sich jeder von uns ohne Rücksichtnahme genüsslich lange duschen und für den Abend fertigmachen. „Schau, Mama“, Zoe stürmte aufgeregt aus ihrem Badezimmer und zeigte auf ihren Rücken und ihr Dekolleté. Dort erkannte man deutlich die Abdrücke ihres Bikinis. „Ich bin heute schon voll braun geworden.“ Auch ihre Gesichtsfarbe hatte eine goldbraune Färbung angenommen, ihre vielen Sommersprossen erweckten den Anschein, als wollten sie Samba tanzen und das Blau ihrer Augen leuchtete dadurch noch intensiver. Sie sah hinreißend aus. „Super“, sagte ich nur in Ermangelung des Wissens, was man zu jemanden sagt, der an einem Sommertag Farbe zugelegt hatte. Doch auch ich fühlte mich nach der Dusche sommerlich frisch und entschied mich für ein Sommerkleid, das ich besonders gerne möchte, weil es – wie ich fand – meine Figur umschmeichelte und die Farbe auch zu meinem Typ passte. Zoe trug Hotpants und ein enges Top. Nur bei der Schuhwahl taten wir es gleich und entschieden uns beide für Flipflops. So mehr oder weniger aufgebrezelt machten wir uns auf zu unserem ersten Abendessen ohne zu wissen, was unser Ziel sein würde. Wir ließen uns treiben, gingen in die Via Udine und schlängelten uns durch die dichte Menge an Touristen. Hier, in der Einkaufsstraße, stand die Luft und ich hatte das Gefühl, mir mein luftiges Kleid vom Leib reißen zu müssen. Zoe hingegen war ganz aufgekratzt und genoss es offenbar in der Menge zu baden. Da wir beide sehr hungrig waren und ohnehin kein Lokal kannten, entschieden wir uns für eines direkt in der Einkaufsstraße. Zum Glück konnte man zu zweit leichter einen Tisch ergattern, vielleicht hatten wir auch einen Bonus, weil wir beide weiblich und noch dazu blond waren und die einweisenden Kellner männlich. Viva Italia! Nach dem üblichen Geplänkel wie „Di dove siete?“ (Austria) und Komplimente, über das reizende Aussehen meiner Tochter (Come la mamma), durften wir bestellen und erfreuten uns an Pasta, Pizza und Insalate miste. Zoe brauchte nicht lange zu überlegen, wusste sie doch, was sie wollte. Ich entschied mich letztendlich für eine Pizza mit Bresaola, Rucola und Parmesan. Meine Tochter mühte sich ein wenig ab, da die Meeresfrüchte auf ihren Spaghetti teilweise noch in Schale serviert wurden. Doch irgendwann hatte sie den Dreh raus, ärgerte sich auch nicht mehr darüber und genoss einfach ihre köstliche Pasta. Auch meine Pizza war grandios. Der Teig dünn und knusprig und der Belag nicht zu viel und nicht zu wenig. „Genau so stell ich mir eine perfekte Pizza vor“, erklärte ich Zoe mit vollem Mund und unterstrich meine Begeisterung mit Mimik und Gestik. Das Dessert ließen wir aus, da wir mehr als genug hatten. Dafür bekamen wir vom Kellner einen Limoncello und ich erlaubte Zoe ihren zu trinken. „Salute“, sagte ich und erhob mein kleines Glas mit der fast neongelben Köstlichkeit. „Salute“, antwortete meine grinsende Tochter und wir tranken. Besser gesagt, ich trank ex und Zoe einen kleinen Schluck mit anschließendem Hustenanfall. Woraufhin wir beide lachen mussten und Zoe mir den restlichen Limoncello überließ. Wir zahlten, genossen noch einmal die Aufmerksamkeit der Kellner und machten uns auf den Weg wieder zurück auf die Einkaufsstraße.

Da es erst halb neun war, beschlossen wir doch noch gemeinsam ein wenig zu bummeln. Ich erzählte Zoe von der Zeit, als ich etwas jünger gewesen war als sie und die jährlichen Reisen nach Lignano gleichzusetzen waren mit dem Einkauf der Herbstmode. „Damals war ja von der EU noch keine Rede und jedes Land hatte noch seine eigene Währung. In Italien gab es Lire und bei uns Schillinge und der Kurs kam dem Schilling sehr zugute“, erklärte ich meiner Tochter. „Das hieß, Italien war ein Paradies, weil für uns alles billiger war, aber vor allem auch, weil sie uns in der Mode immer voraus waren.“ Zoe hörte mir wirklich interessiert zu und ich ergriff die Gunst der Stunde und erzählte weiter. „Wenn wir also hier Urlaub machten, ging ich mit meiner Freundin immer auf Shoppingtour und wir kamen dann zwar ohne Geld aber mit vielen tollen Klamotten wieder nach Hause.“ Plötzlich fing meine Tochter lauthals zu lachen an und ich sah sie fragend an. „Dann hast du dein ganzes Outfit, dass ich von den Fotos kenne, wo du mit Dauerwelle und im 80er-Jahre Stil zu sehen bist, also hier gekauft? Na, bravo.“ Sie konnte sich aufgrund ihrer neuen Erkenntnis fast gar nicht mehr einkriegen und zerkugelte sich förmlich neben mir. Ich tat so, als wäre ich beleidigt, konnte aber nicht lange durchhalten und musste ebenso laut lachen. Vor allem, weil mir ein Outfit einfiel, das ich als Jugendliche geliebt hatte. Es waren Jeans, die seitlich gemusterte Streifen hatten. Ach, wie ich mir cool damit vorgekommen war. Ganz zu schweigen von der Neon-Phase, wo ich und meine Freundinnen Neon-Stirnbänder in allen Farben aufhatten. Oh! Mein! Gott! Was waren die 80er-Jahre – zumindest modetechnisch - doch für eine verrückte Zeit!

Und so schlenderten wir gut gelaunt durch die Straße und ich staunte, was sich alles getan hatte. Viele Geschäfte waren Ramschläden gewichen, was mir ein wenig leidtat. Einige Geschäfte sahen so aus, als würde es sie schon ewig geben, doch die hatten mich aufgrund ihres Angebotes in meiner Kindheit sicher nicht interessiert und taten es heute ebenso wenig. Wir kamen am Schuhgeschäften und Boutiquen vorbei, die für jede Geldtasche etwas boten und man erkannte sofort an den Auslagen das Etikett „erschwinglich“ oder „nur zum Schauen und Träumen gedacht“. Wir sahen Kindermodengeschäfte und Bademode-Boutiquen, Läden mit Sportmode sowie welche, die auf der Straße eine Auswahl an Strandhandtüchern anboten. Zoe und ich betrachteten alles mit ein wenig Abstand, nur bei einem besonders einladenden Lederwarengeschäft beschlossen wir reinzugehen. Wir zeigten uns gegenseitig Handtaschen, die uns besonders gut gefielen, ich überlegte mir, eine neue Geldbörse zu kaufen, verschob es aber auf einen anderen Tag. Etwas später entdeckten wir noch sowas wie eine Kuriosität, ein Geschäft, das es definitiv in meiner Kindheit noch nicht gegeben hatte. Aus der Auslage blickten uns Feen, Drachen und allerlei andere fabelhafte Wesen an. Fasziniert standen wir beide mit offenen Mund vor der Auslage. „Und da kaufen die Leute ein?“, fragte mich Zoe. Ich zuckte nur abwesend mit den Schultern, denn das war absolut nicht mein Metier. Gut, ich hatte alle Bände von „Harry Potter“ verschlungen, doch ich würde nie auf die Idee kommen, mir deswegen einen Zauberstab zu kaufen. Wir lachten uns verschmitzt an, beschlossen, den Laden nicht zu betreten, und gingen weiter. Als wir zum Kreisverkehr kamen, frage ich Zoe: „Willst du ein Eis?“ Sie bejahte und wir kauften uns je eine Kugel Gelato, einmal Amarena Kirsche für mich, einmal Cookie für sie. Kaum hatte sie das Eis fertig gegessen, wurde Zoe schon zappelig, denn sie hatte ihre Freunde entdeckt. „Geh schon“, sagte ich und fügte hinzu, „aber spätestens um 23 Uhr bist du im Apartment.“ „Danke, Mama, auch für das gute Essen.“ Noch bevor ich etwas erwidern konnte, war sie in der Menge verschwunden und ich beobachtete noch, wie die Gruppe sie freudig begrüßte. Ich beschloss, die Einkaufsstraße noch fertig zu erkunden.

Mit meinem Eis in der Hand schlenderte ich also weiter die Einkaufsstraße entlang und beobachtetet ein paar kleine Kinder, die vor der Spielhalle auf Schaukelpferden sichtlich ihren Spaß hatten. „Das war mir als Kind auch am liebsten“, erinnerte ich mich und musste an eine Szene denken, die meine Schwester noch heute amüsiert. Ich war als Kind nicht gerade die Mutigste und wir beschlossen, mit dem Kinderautodrom zu fahren. Doch nach der ersten Runde wurde es mir zu wild, ich bin einfach stehen geblieben, ausgestiegen und das war es mit meiner Rennfahrerkarriere. Lächelnd ging ich weiter und genoss es, sowohl die Menschen, die mir entgegenkamen zu beobachten, als auch die Geschäfte zu betrachten. Als ich mich dem Parco San Giovanni Bosco näherte, blieb ich entzückt stehen, denn ich glaubte, in einer anderen Zeit gelandet zu sein. Ich sah ein einstöckiges, nostalgisches Karussell, mit Pferden und Kutschen, wunderschön beleuchtet und selbst die Musik versetzte einen in eine andere Zeit. „Das hätte mir als Kind wohl auch besser gefallen“, dachte ich mir und schlenderte weiter. Rechts von mir sah ich die moderne Kirche San Giovanni Bosco, die, wie ich fand, in die Einkaufsstraße mit ihrem ganzen Trubel und weltlichen Verlangen passte, wie die Faust aufs Aug. Es war, als würde man eine Kapelle in ein Einkaufscenter bauen. Ich überlegte kurz, ob ich umdrehen sollte, beschloss dann aber: Einmal die Einkaufsstraße auf und ab, musste sein. Wer weiß, ob ich noch einmal dazu die Muße hätte. Allerdings verließ sie mich jetzt schon ein wenig und ich absolvierte die restliche Strecke eher gedankenverloren, blickte kaum mehr nach links und rechts, versuchte der Menschenmenge, die mir entgegenkam, auszuweichen, bis ich am Ende angelangte. Also ganz genau gesagt, was das Ende der Einkaufsstraße für mich und meine Freundin immer gewesen war – die Brücke über der Piazza Gino Ursella. Das war unser imaginäres Stoppzeichen und gleichzeitig unser Hinweis umzukehren. Kurz davor gab es noch die letzten interessanten Geschäfte für uns – „Witboy“ und „Nadalini“ – und das war's dann. Ich staunte nicht schlecht, dass es diese beiden Relikte aus meiner Jugend tatsächlich noch immer gab. Außerdem sah ich ein Ristorante, an das ich mich ebenso zu erinnern schien. „Pizzeria Ristorante Da Salvatore“ las ich auf der Tafel vor dem Lokal. Keine Ahnung, ob es früher auch schon so geheißen hatte. Doch da die Menschenmenge drinnen und auch davor nur Gutes verhieß, beschloss ich, an einem der Abende hierher mit Zoe essen zu gehen. „Mal sehen, ob du meiner Erinnerung gerecht wirst." Ich gönnte mir in einer Bar einen Espresso und machte mich kurz darauf ein wenig motivierter auf den Weg zurück.

Kapitel 8

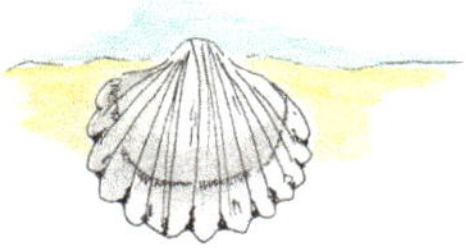

Am Weg retour durch die Einkaufsstraße sah ich auf der linken Seite ein Geschäft, das mich von jeher faszinierte: die Salumeria da Luciano. In der Auslage hatte man schon immer Köstlichkeiten jeglicher Art gesehen – vorwiegend eingelegt. Herrenpilze, gefüllte Paprika, Oliven und noch viel mehr. Alles schön in Reih und Glied aufgeschlichtet. Und mittendrin ein riesiges Glas, es musste sicher über einen Meter hoch sein, mit einem Mix aus allerlei eingelegten Köstlichkeiten. Doch selbst in diesem Glas herrschte Ordnung, als würde alles einem Muster folgen. Als Kind glich dieser Laden für mich mehr einer Galerie, als einem Lebensmittelgeschäft. „Kein Wunder", dachte ich mir in diesem Moment, wo ich wieder davorstand. Außerdem hatte ich immer das Gefühl, man dürfe den Laden als Kind nicht betreten, er war einzig für Erwachsene gedacht. Und auch jetzt, viele Jahre später, stand ich nur ehrfürchtig davor und dachte nicht daran hineinzugehen. Wozu auch? Die große Fensterfront gab nahezu alles frei, was man sehen musste. Man sah die Regale, die genauso akkurat eingeordnet waren wie die Auslage. Und man hatte freien Blick auf die Würste und die ganzen Schinken, die ober und hinter der Lebensmitteltheke hingen. Ich malte mir aus, wie es wohl sein würde hier einzukaufen. „Vielleicht mach ich das in diesem Urlaub sogar einmal", dachte ich mir und die Sache war beschlossen. Doch nicht heute. Dieser

Abend galt dem abermaligen Kennenlernen der Stadt meiner Kindheit.

Ich schlenderte weiter und versuchte Erinnerungen aufzufrischen. Nach einer gewissen Zeit erkannte ich, dass es weniger das war, was ich sah, als das, was ich fühlte. Alles war irgendwie vertraut. Und auch wenn ich sonst nicht der Mensch bin, der immer dasselbe sucht, in diesem Moment fühlte ich mich pudelwohl. Plötzlich hörte ich hinter mir ein Geräusch, das nicht in eine autofreie Einkaufsstraße passte. Ich drehte mich um und sah einen kleinen, weißen Zug auf Rädern auf mich zukommen. Auf dem Dach der Lok prangte ein Schild mit der Aufschrift „Lignano Express" und in den Waggons dahinter saßen Familien mit Kindern, Paare und ältere Personen und alle machten den Anschein, als würden sie die Fahrt so richtig genießen. Ein paar Kinder winkten mir zu und ich erwiderte fröhlich ihre Geste. Erstaunt blickte ich dem Gefährt nach, bis es in der Menge verschwand und dachte mir: „Auch diesen Zug hat es in meiner Kindheit sicher nicht gegeben." Ziemlich am Ende der Einkaufsstraße entdeckte ich ein Weinlokal, das sehr einladend aussah. Ich beschloss dort noch einen Schlummertrunk zu nehmen, denn der Kühlschrank im Apartment war noch leer. „Das erledige ich morgen", dachte ich mir und hatte jetzt schon Vorfreude auf ein kühles Glas Weißwein auf der Terrasse des Apartments, mit Blick auf den nächtlichen Hafen. Ich ergatterte einen Platz an einem Stehtisch mit Blick auf die Einkaufsstraße. Denn noch etwas war ein Muss in Lignano: das Beobachten der Touristen auf der Einkaufsstraße. Da ich sah, dass der Prosecco in dieser Bar vom Fass kam, bestellte ich ebendiesen. Der erste Schluck war kühl und köstlich und prickelte lustig auf meinem Gaumen. „Mir geht es herrlich“, dachte ich mir und wollte mich in diesem Moment nirgends anders sehen. Plötzlich wurde ich barsch aus meinen Gedanken gerissen, denn mein Telefon läutete. Ich sah auf das Display meines Handys und sah Mama. Um meiner gute Laune Genüge zu tun, meldete ich mich mit einem fröhlichen „Pronto“. „Na, dir scheint es ja gut zu gehen“, kam es vom anderen Ende. Einfach eine Feststellung, kein Vorwurf. „Ja, danke, uns geht es sehr gut, Mama“, war meine Antwort. Ich erzählte ihr von all den Dingen, die wir erlebt hatten und die uns heute widerfahren waren und sie hörte mir aufmerksam zu. Ein bisschen machte sie sich Sorgen, dass Zoe alleine unterwegs war, doch als ich sie an unsere Zeit in Lignano erinnerte, war sie gleich wieder beruhigt. Sie wiederum erzählte mir, dass es Papa den Umständen entsprechend recht gut ging und ich mir um nichts Sorgen machten musste. Ob das nun stimmte oder nicht, konnte ich mir zusammenreimen. Denn meine Mutter hatte die Gabe, alles Schlechte von jedem fernzuhalten. „Es reicht, wenn ich mir Sorgen mache“, war einer ihrer Lieblingssprüche. Wir tauschten noch ein paar allgemeine Dinge aus und ich verabschiedete mich mit dem Versprechen, mich morgen wieder zu melden. „Was für ein Glück“, dachte ich, „dass heute alles übers Handy läuft und man nicht mehr Unmengen zahlen muss, wenn man von Italien aus nach Österreich telefoniert.“ Und doch hat mich das Gespräch mit meiner Mutter ein bisschen nachdenklich gemacht und so stand ich da und nippte gedankenverloren an meinem Prosecco. Um mich ein wenig abzulenken, kramte ich den Bleistift aus meiner Handtasche und ließ meiner Fantasie auf der Serviette vor mir freien Lauf.

„Scusi, Signora“, hörte ich plötzlich an meiner linken Seite und die Stimme kam mir irgendwie bekannt vor. Ich sah mich um und da stand er: Der Italiener mit der Sonnenbrille von der Terrazza a Mare, die ich soeben auf der Serviette skizzierte. „Oh, nein!“, war mein erster Gedanke. Blitzschnell überlegte ich, ob es Sinn machen würde, wenn ich so täte, als wüsste ich nicht, wer er war. Doch nein, es gab keinen Ausweg, ich musste mich dieser Situation stellen und sagte etwas unsicher: „Si?“ Dann nahm der Typ eine Sonnenbrille aus seiner Brusttasche und fragt mich vollen Ernstes: „Gehört die Ihnen?“ Ich sah ihn an, als hätte er mich gefragt, ob ich mit ihm hier im Lokal Geschlechtsverkehr haben wollte und hielt für einen Moment die Luft an. Da sah ich ein Zucken um seine Lippen und seine Augen funkelten mich ein wenig provokant an. In dem Moment hielt ich es nicht mehr aus und es platzte aus mir heraus. Ich fing zu lachen an und auch er lachte aus vollen Herzen mit mir. Als wir uns wieder einkriegten, waren meine Augen tränennass und wir gaben uns die Hand. „Ciao, ich bin Giovanni“, stellte sich das Scherzkeks vor und ich brachte gerade noch irgendwie meinen Namen heraus. „Julia“, bevor mich der nächste Lachkrampf schüttelte. Ab diesem Moment leistete mir also Giovanni Gesellschaft und er erzählte mir, dass er in Lignano geboren wurde und Lederwarenhändler sei. „Das ist auch der

Grund, warum ich ganz gut Deutsch spreche. Ich fahre jedes Jahr auf die Messen nach Österreich, auch nach Graz." Er zwinkerte mir zu. Ich hingegen erzählte ihm, dass ich mit meiner Tochter auf Urlaub sei, die jedoch lieber den Abend mit ihren neuen Freunden verbrächte. „Das stört mich aber nicht. Ich war in ihrem Alter nicht anders", erzählte ich Giovanni. „Außerdem habe ich so Zeit in der Vergangenheit zu schwelgen. Ich bin als Kind mit meinen Eltern und Freunden jeden Sommer nach Lignano gekommen und ich habe es geliebt." „Ah, dann sind wir uns vielleicht schon einmal begegnet", meint der Italiener und wir mussten schon wieder lachen. Wir unterhielten uns noch eine Weile über alles Mögliche bis ich merkte, dass ich wirklich müde war. Es war ein langer Tag gewesen, immerhin hatten Zoe und ich uns schon rechtzeitig auf den Weg nach Bella Italia gemacht. Außerdem wollte ich unbedingt vor meiner Tochter im Apartment sein. „Giovanni, ich werde dann aufbrechen." „Ich begleite dich ein Stück", gab er ganz gentlemanlike zur Antwort, bezahlte unsere Zeche und wir schlenderten das letzte Stück die Einkaufsstraße entlang. Die Bar Italia, am Ende der Straße, war wie immer gut besucht und man hörte Gläserklirren und fröhliches Geplapper, hauptsächlich in deutscher Sprache. Plötzlich wurde es laut: „Zam, zam, zam, Prooooost!", gab lautstark eine Runde junger Männer von sich, die offensichtlich schon ziemlich einen picken hatten, was sie aber nicht vom Weiterfeiern abhielt. Giovanni und ich sahen uns an und mussten wieder einmal lachen. „Austriaci, ihr Österreicher", sagte er grinsend zu mir. Wir bogen rechts in die Viale Italia und blieben an der Biegung, wo die Viale in den Lungomare Trieste überging, quasi vor dem Ufficio due, stehen. „Wusstest du eigentlich, dass das Hotel Marin das erste Hotel in Lignano war? Es gehörte dem Bürgermeister von Marano und dieser erbaute es 1903“, sagte Giovanni und zeigte auf den riesigen, wunderschönen Häuserkomplex am Beginn des Lungomare Trieste. Ich sah ihn ehrlich interessiert an und erwiderte: „Nein, das wusste ich nicht“, und fügte an, „als Kind habe ich immer davon geträumt, in solchen Häusern zu wohnen. Vor allem in diesen traditionellen Hotels, wo man das Gefühl hat, in jeder Ecke wartet eine spannende Geschichte aus der Vergangenheit auf dich.“ Nun blickte mich der Italiener mit einem Blick an, den ich nicht wirklich deuten konnte. War es Bewunderung oder machte er sich eher lustig über mich und meine Gedanken? Ich räusperte mich etwas verlegen und sagte, um von mir abzulenken: „Tatsächlich weiß ich sehr wenig über Lignano und mir war auch nicht bewusst, dass es viel darüber zu erzählen gibt.“ „Dann werde ich meinen Geschichtsunterricht hoffentlich bald fortsetzen können“, meinte Giovanni, reichte mir die Hand, sah mir tief in die Augen. „Buona notte, bella Julietta!“ „Oh, mein Gott“, dachte ich, „was ist das nur mit diesen Italienern? Ich fühle mich wie ein Teenager!“ Mit dem Versuch cool zu wirken, gab ich zur Antwort: „Buona notte, Giovanni“, drehte mich schwunghaft um und wäre fast in eine Absperrung gelaufen. Gerade noch konnte ich ausweichen und versuchte mich so lässig wie möglich von Giovanni zu entfernen.

Kapitel 9

Als Zoe am nächsten Morgen aufstand – sie war die Nacht davor fast pünktlich im Apartment gewesen und gerade einmal zehn Minuten später als ich selbst – hatte ich schon unseren Frühstückstisch auf der Terrasse gedeckt. Um den Kühlschrank zu füllen, musste ich zwar mit dem Auto zum Supermercato, doch dort fand ich alles, was unsere Herzen begehrten. So gab es frisches Obst, Panini, Schinken, Käse, Joghurt, Vanillekrapfen, Kaffee für mich und Tee für meine Tochter. Wir fühlten uns wie Gott in Frankreich und Zoe erzählt mir von ihrem lustigen Abend mit ihren neuen Freunden. „Wir sind zuerst noch ziemlich lange beim Springbrunnen geblieben und haben uns unterhalten. Später hat jemand den Vorschlag gemacht, zum Strand zu gehen. Doch dort war es dann nicht mehr so prickelnd. Einer von den Jungs hatte Alkohol dabei und ich wollte nichts trinken. Bea ging es genauso und daher sind wir beide abgehauen und haben uns die Shops in der Einkaufsstraße angesehen. Da gibt es echt ein paar coole Läden." Natürlich war ich erfreut zu hören, dass meine Tochter die Strandparty ausgelassen hatte, doch das ließ ich sie nicht spüren. Ich fragte nur: „Wer ist Bea?" „Sie kommt aus Wien und ist 16. Sie verbringt hier auch schon seit Jahren mit ihren Eltern die Ferien." „Das klingt gut", fand ich und machte Zoe einen Vorschlag. „Wenn du möchtest, gebe ich dir ein paar Euro und du kannst mit Bea einmal richtig shoppen gehen. Das ist sicher lustiger, als mit mir.“ Meine Tochter war begeistert, wir ließen aber noch offen, wann das sein würde. „Und, wie war dein Abend?“, kam plötzlich die unerwartete Frage zurück. Ups, sie hatte mich voll erwischt, ich errötete leicht und gab etwas holprig zur Antwort: „Ganz nett. Ich war noch auf ein Glas Prosecco in einer netten Weinbar, habe mit Oma telefoniert und bin dann bald ins Apartment zurück“, war meine Antwort und mit keinem Wort erzählte ich ihr von der Begegnung mit Giovanni. Erstens fand ich es nicht von Bedeutung und zweitens wusste ich nicht, wie Zoe darauf reagieren würde. Wir hatten gerade so eine nette Stimmung und diese wollte ich nicht verderben. Zum Glück merkte sie nichts von meiner Verlegenheit und gab sich damit zufrieden, wir räumten unser Frühstück weg und machten uns auf zum Strand.

Es war erst der zweite Tag und wir wurden schon empfangen, als wären wir alte Freunde. Zuerst hörten wir von dem Italiener mit den roten Shorts und dem weißen T-Shirt, der offenbar fürs Strandbüro arbeitete, schon von weitem ein Überschwängliches: „Buongiorno belle!“, danach, am Tschecherl vorbei, ein ebenso freundliches und kraftvolles „Buongiorno“, von Damiano. Natürlich grüßten Zoe und ich genauso begeistert zurück und kamen uns vor, wie zwei Principesse. Den Vormittag verbrachen wir lesend und Musik hörend auf unseren Liegestühlen. Als ich Zoe mit ihren Airpods beobachtete, musst ich plötzlich daran denken, dass wir früher auch am liebsten Musik gehört hatten, allerdings kam sie damals noch aus dem Walkman. Italien, das Meer, die Sonne, der Strand und Eros Ramazzotti gehörten zusammen wie Pech und Schwefel. „E ci sei adesso tu…“ Ich hörte die Musik, als würde Eros höchstpersönlich vor mir stehen und für mich singen. Herrlich! Ich stupste Zoe an und fragte sie: „Was hörst du denn?“ „Apache“, sagte sie knapp. Als ich fragend meine Augenbrauen hob, fügte sie ein wenig zu laut an, „Deutschrapp.“ Und mir wurde wieder einmal bewusst, wie viele Jahrzehnte zwischen mir und meiner Tochter lagen. Als mir das Liegen zu blöd wurde und sich auch Durst dazu gesellte, fragte ich: „Ich gehe was Trinken, gehst du mit?“ Eigentlich hatte ich mit Ablehnung gerechnet, doch Zoe überraschte mich immer wieder. „Ja, gut“, antwortete sie. Damiano wollte mir gleich wieder eine Birra servieren, doch ich lehnte ab und nahm stattdessen einen Cappuccino und Aqua senza gas. Zoe war unschlüssig, hatte auch schon wieder etwas Hunger und entschied sich für eine Wassermelone. Als diese kam, fielen uns fast die Augen aus den Köpfen. Denn sie war so riesig, dass drei Personen davon hätten satt werden können. Wir mussten lachen und Damiano verstand nicht ganz warum. Anscheinend haben die Italiener beim Essen andere Dimension als wir Österreicher. Etwas später, Zoe und ich unterhielten uns gerade über weitere Pläne für die Sommerferien, wurde es etwas lauter hinter uns. Ein typisches Ritual, wenn sich zwei Italiener treffen, die sich mögen. In diesem Fall waren es offensichtlich Damiano und Giovanni. Im ersten Moment dachte ich mir noch nichts dabei, gab es doch Giovannis wie Sand am Meer, doch die

Stimme kam mir dann doch bekannt vor. Als ich mich umdrehte, blickte ich wieder direkt in diese dunkelbraunen Augen und dachte mir nur: „Verdammt!“ So schnell konnte ich gar nicht reagieren, als das Szenario direkt auf mich und Zoe zukam. „Ciao, Julia“, hörte ich Giovanni bereits neben mir sagen. „Ciao, Giovanni“, antwortete ich kleinlaut und spürte den fragenden Blick meiner Tochter auf mir. Was blieb mir also übrig. „Zoe, das ist Giovanni, Giovanni, das ist meine Tochter Zoe“, stellte ich die beiden einander vor. Der Italiener, so charmant wie er war, begann sofort meine Tochter zu umgarnen, aber auf so eine subtile Weise, dass es ihr einfach nicht auffiel, was zur Folge hatte, dass innerhalb kürzester Zeit Zoe in den Bann von Giovanni gezogen wurde. „Na, super“, dachte ich mir und höflichkeitshalber, weil's jetzt eh schon egal war, fragte ich: „Willst du dich nicht zu uns setzten?“ „Nein, danke, Julia, ich habe keine Zeit. Muss noch ein paar Erledigungen machen. Aber wie sieht es am Nachmittag aus? Wollt ihr mit mir einen Spaziergang am Strand machen?“ Ich wollte gerade dankend ablehnen, als Zoe mir ins Wort fiel: „Das ist eine tolle Idee“, und an mich gewandt, „Mama, ich bin am Nachmittag sowieso wieder mit meinen Freunden am Beachvolleyballplatz. Dann bist du nicht so alleine.“ Ich glaubte nicht richtig zu hören. Ich kam mir vor wie 80 und damit die arme, alte Frau nicht so alleine ist, wird sie bespaßt. In dem Moment, als ich meine Stimme erheben und protestieren wollte, höre ich Giovanni sagen: „Perfetto. Ich bin dann also so gegen drei, halb vier bei dir. A presto, Julietta.“ Mit diesen Worten war er auch schon verschwunden und ich wusste nicht, wie mir geschah. „So weit sind wir also schon“, sagte ich noch etwas unter Schock zu Zoe, „jetzt bist du also schon für mein Freizeitprogramm zuständig.“ Sie sagte gar nichts und grinste mich nur an. Und da musste ich auch ein bisschen lachen.

Kapitel 10

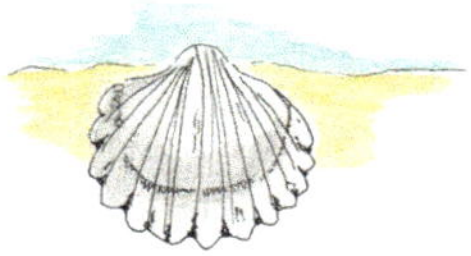

„Ich geh dann Mama, bis später!“ Zoe war schon so gut wie weg, ich schaute auf mein Handy und sah, dass es 15:05 Uhr war. Ich muss wohl wieder geschlafen haben, denn als ich langsam zu mir kam, hörte ich neben mir eine vertraute Stimme fragen: „Andiamo, Signora?“ „Woher wusstest du, wo wir liegen?“, wollte ich von Giovanni wissen. „Tja, ich weiß alles, was in Lignano passiert“, gab er mir keck zur Antwort. Mehr war nicht aus ihm rauszubekommen und im Grunde war es mir auch egal. Ich nahm meinen Sari, den ich von einer Reise aus Sri Lanka mitgebracht hatte, mein Täschchen mit Geld und Telefon und Giovannis Hand, die er mir entgegenstreckte, um mir aus dem Liegestuhl zu helfen. „Andiamo“, sagte nun ich und wir gingen Richtung Meer. Dort stand gerade der Eiswagen, den man schon von Weitem zuvor an seinem Tröten gehört hatte, und Giovanni fragte mich, ob ich gerne ein Gelato hätte. „Sehr gerne“, war meine Antwort und wir bestellten uns zwei Tüten mit Nocciola und Frutti di Bosco für mich und Stracciatella und Yoghurt für Giovanni. Das Eis schmeckte noch genauso gut wie in meiner Kindheit, doch ich sah bewundernd auf den Eiswagen, an dem auch die Entwicklung der Technik nicht halt gemacht hatte. In meiner Erinnerung war es ein dunkelbrauner Wagen, der vom Besitzer gezogen wurde. Heute fuhr das

Gefährt mit Raupen spielerisch im Sand und der Eisverkäufer stand in dem Gefährt wie hinter einem Tresen. Mit diesen Gedanken und dem Eis in der Hand gingen wir langsamen Schrittes Richtung Hafen, denn Abwechslung musste sein, fand ich. Ich hatte ganz schön zu tun, um beim Schlecken meines Eises nachzukommen. Die Sonnen brannte gnadenlos vom Himmel und ich verfluchte mich, gleich zwei Kugeln genommen zu haben. Doch Giovanni ging es nicht anders und als wir uns ansahen, mussten wir wieder einmal beide lachen. „Dieses Lachen", dachte ich bei mir, „das wird mich noch um meinen Verstand bringen." „Was denkst du gerade", fragt er mich plötzlich. „Ach, nichts Besonderes. Nur, dass das Eis echt köstlich ist", log ich. Eine Zeitlang gingen wir essend und schweigend nebeneinander her, bis wir zum Doggy Beach kamen. „Ich bin wirklich fasziniert, was ihr da gemacht habt. Das ist ja total geschäftstüchtig und trifft offensichtlich den Nerv der Zeit", sage ich und deutete auf den Hundestrand, der gut gefüllt war. „Ja, der Strand für Mensch und Tier kommt ziemlich gut an", bestätigte mir Giovanni. „Schau, es gibt sogar einen Fitnessplatz für Hunde!" Giovanni zeigte in eine Richtung, ich sah ein Agility-Feld und staunte nicht schlecht. Ich erfuhr, dass es auch einen eigenen Kiosk gab, wo man alles für den vierbeinigen Freund kaufen konnte, verschiedenste Liege-Plätze für Mensch und Tier. Es gab einen Tierarzt, einen Hundetrainer bis hin zu einer eigenen Station, wo man das liebe Vieh am Ende des Strandtages wieder sand- und salzwasserfrei machen konnte. Ich kam aus dem Staunen gar nicht mehr heraus. Giovanni und ich sahen uns die verschiedenen Hunde und ihre Besitzer an und amüsierten uns dabei köstlich. Einerseits, weil die ganze Szenerie lustig zu beobachten war. So sahen wir zum Beispiel einen Hund, irgendeine struppige Promenadenmischung, auf einem Surfbrett, was ihm wahnsinnig Spaß zu machen schien. Oder zwei Collies, die sich gegenseitig Mut machten, ins Wasser zu gehen und dabei ihre Besitzer mehr nass machten, als sich selbst. Andererseits kamen wir zu dem einheitlichen Schluss, dass das Sprichwort „Wie das Herrl, so sein Gscherrl“ pure Wahrheit ist. Wir kamen aus dem Lachen gar nicht mehr heraus, als wir begannen Zwei- und Vierbeiner zu vergleichen. „Wenn das so ist“, begann ich meinen Satz an Giovanni gewandt und fragte weiter, „welchen Hund hätte dann wohl ich?“ „Una bella domanda“, sagte Giovanni, sah mich durchdringend an und dachte nach. Dann antwortete er: „Ich denke, du hättest einen Bullterrier.“ Entsetzt starrte ich mein Gegenüber an. War das sein Ernst? Doch aufgrund meines Blickes konnte er offenbar nicht länger an sich halten und musste lachen. „War nur ein Spaß!“ Ich boxte ihn in die Seite und sagte: „Jetzt aber im Ernst, du blöder Kerl.“ „Hmm..., ich denke, du hättest einen Briard. Die sind sportlich, aber nicht hyperaktiv, sanft und spielerisch zugleich und totale Familienhunde.“ Das gefiel mir schon besser. Noch dazu, wie gut sich Giovanni mit Hunden auskannte und wie wohlüberlegt seine Antwort war. „Adesso tu“, sagte er. Ich überlegte ebenfalls ein paar Minuten, immerhin wollte ich neben seiner Antwort nicht komplett abloosen. Darum sagte ich: „Einerseits würde zu dir – und ich weiß, das ist der Allerweltshund – ein Retriever passen, aber sie sind und bleiben einfach zum Knuddeln. Andererseits stelle ich mir an deiner Seite irgendeinen Schäferhund vor, denn du machst mir den Eindruck, als wärst du gerne unabhängig und frei." Er schien mit meiner Antwort zufrieden zu sein und sagte, als wir weitergingen: „Ich habe übrigens einen Chihuahua." Diesmal glaubte ich ihm kein Wort und spritze ihn stattdessen lachend mit Meerwasser an.

Da gerade Ebbe war, bildeten sich entlang unseres Weges größere und kleinere Lacken. Überhaupt sahen das Meer und der Strand meiner Meinung nach ganz anders aus, wenn unterschiedliche Gezeiten waren. „Als ich ein Kind war, war ich total fasziniert von Ebbe und Flut. Es ging mir einfach nicht ein, wie es sein konnte, dass einmal mehr und einmal weniger Wasser war. Obwohl mein Vater mir genau erklärte, warum das so war," sagte ich an Giovanni gewandt und beim Gedanken an meinen Vater wurde ich plötzlich schwermütig. Giovanni hatte meinen Stimmungsumschwung erkannt und sah mich fragend an. Ich schüttelte nur den Kopf und sagte knapp: „Meinem Vater geht es nicht gut." Er nickte verständnisvoll und wechselte gekonnt das Thema. „Wusstest du, dass es hier früher auch Seepferdchen gab, die man beim Schnorcheln sogar berühren konnte?" Ich sah ihn erstaunt an und verneinte. „Ja, das muss noch ein bisschen vor deinen Urlauben hier in Lignano gewesen sein." Ich war fasziniert und mit diesen wenigen Worten schaffte es der Italiener, mich sofort wieder besser fühlen zu lassen.

Am Ende des Strandes angelangt kamen wir zu den Leuchttürmen, die Zoe und ich auch von unserem Apartment aus sehen konnten und die ich wunderschön fand. „Ich wusste bis zu dieser Reise nicht, dass Lignano Leuchttürme hat und noch dazu zwei so schöne. Als Kind war ich kein einziges Mal in dieser Gegend“, ließ ich Giovanni wissen. „Gut, Signora, dann werde ich dir etwas über diesen Leuchtturm“, er deutete in Richtung Meer, „unseren Faro Rosso, erzählen, wenn du möchtest.“ Ich nickte interessiert, doch weil wir gerade unmittelbar vor dem anderen Leuchtturm, der auf einem Betonsockel direkt in Strandnähe gebaut war, standen, wollte ich wissen, was mit diesem sei. „Ach, das ist der alte Leuchtturm“, gab mir Giovanni kurz zur Antwort, machte mit seiner Hand eine Geste, die irgendwie abwertend wirkte und ging weiter. Doch ich verharrte noch einen Moment und schaute ihn mir genauer an. Von der Form her war er gleich wie der Faro Rosso, doch dieser Leuchtturm wurde rot weiß rot gestrichen, was nach meinem Geschmack etwas hübscher wirkte. Oder kam hier einfach mein Patriotismus zum Vorschein? Die Spitze des alten Leuchtturms war kupferfarben und hatte eine schöne Patina. Ich ging ein paar Schritte zurück und stellte wieder einmal fest, dass es nicht immer ein „Entweder-Oder“ sein muss, sondern meist auch ein „Sowohl-als-auch“ sein kann. Denn von meiner Perspektive aus sah ich den Faro Austriaco, wie ich ihn in der Zwischenzeit genannt hatte, den gesamten Holzsteg und im Hintergrund den Faro Rosso. „Ein Bild, das Fotografen wie auch Maler gleichermaßen erfreuen würde“, dachte ich bei mir. Und auch ich machte mir eine geistige Notiz, dass ich unbedingt eine Skizze von diesem Duo anfertigen musste. „Julietta, wo bleibst du?“ Giovanni holte mich mit seinen Rufen aus meinen Gedanken, ich ging schnell zu ihm und wir gingen den langen Holzsteg entlang, der rechts und links ein ebenso hölzernes Geländer hatte. Am Ende dieses Stegs stand im schönen Kontrast dazu genau in der Mitte der Faro Rosso. „Er wurde 1925 erbaut und bis in die 50er-Jahre gab es sogar einen Leuchtturmwärter. Doch durch die moderne Technik war der Wärter nicht mehr notwendig und der Leuchtturm verkam immer mehr. Tatsächlich war er sogar ein richtiger Schandfleck für Lignano, dunkelbraun vom Rost und mit Graffiti beschmiert“, klärte mich Giovanni auf und erzählte weiter, „1990 wollte man ihn abreißen, aber wir Einwohner kämpften zwei Jahre lang um seinen Erhalt. Und es hat sich gelohnt. Gemeinsam mit seinem Zwilling wurde er umfangreich renoviert und neu angestrichen.“ Nun standen wir direkt vor dem Leuchtturm, der offensichtlich einige Interessierte angezogen hatte, und ich betrachtete ihn von der Nähe. Er war knallrot gestrichen, erinnerte ein wenig an eine überdimensionale Litfaßsäule, doch leider war er nicht mit Plakaten beklebt, sondern hatte schon wieder irgendwelche Schmieragen abbekommen. In blauer Schrift las ich „Sand in my pants“ und Zeichen, die mit viel Phantasie dem Peace-Zeichen ähnelten. Auch mit weißer Farbe hat sich jemand zu schaffen gemacht. Doch was dieses Gekritzel bedeuten sollte, war nicht einmal mit viel Phantasie zu erkennen. Ich blickte mich weiter um. Auf der einen Seite sah man weit ins offene Meer und, wenn ich zurückblickte, sah ich Zoes und mein Apartment. Am Fuße des Leuchtturms, auf einem Sockel, saßen ein paar junge Leute, die sich im Schatten des Faro Rosso ausruhten. Eines musste man ihm lassen – egal, was der Turm mitgemacht hatte und wie sehr man ihn zu verunstalten versucht hatte, er war und blieb das Schmuckstück von Lignano. „Darum wäre es echt schade gewesen“, dachte ich mir und sagte laut zu Giovanni: „Na, dann sag ich grazie für die weitere Geschichtestunde und stellvertretend für alle Touristen und Liebhaber von Lignano noch einmal danke für diesen wunderschönen Leuchtturm.“ Ich wählte meinen Ton besonders feierlich und verbeugte mich an Ende vor ihm. Und er darauf salutierend: „Es war mir eine Ehre, M'am.“ Und wieder mussten wir beide lachen. Nun standen wir am Ende des Stegs und blickten aufs Meer mit Aussicht auf die Laguna von Marano bis auf die Adria hinaus. „Doch eines würde mich noch interessieren, Giovanni.“ „Si?“ „Warum habt ihr so sehr für den Erhalt des Faro Rosso gekämpft?“ „Ende der 90er-Jahre begann in Lignano eine gnadenlose Modernisierung und viele historische Bauwerke fielen ihr zum Opfer. Der Leuchtturm ist für uns wenigstens noch ein Relikt aus unserer Vergangenheit.“

Kapitel 11

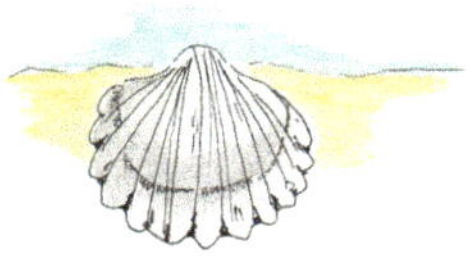

Als wir zurück zu meiner Liege kamen, war es schon nach 18 Uhr und Zoes Badesachen waren nicht mehr da. Giovanni fragte mich, ob er mich noch auf einen Drink einladen dürfe, doch ich lehnte ab. Immerhin war es der gemeinsame Urlaub mit meiner Tochter und nun wollte ich zu ihr. „Falls ihr Lust habt auf ein besonderes Restaurant, kann ich dir einen Tipp geben“, sagte der Italiener noch zum Abschied und ich nahm das Angebot gerne an. „In der Via Genziana, dort beim Wasserturm, gibt es die Osteria Sacheburache. Dort bekommt ihr das köstlichste Essen in Lignano, super nette Bedienung und der Platz dort ist ...“ Giovanni fiel das deutsche Wort dazu nicht ein, deshalb beendete er den Satz auf italienisch, „... é sensazionale.“ Danach schloss er alle fünf Finger seiner rechten Hand, führte sie zum Mund, küsste sie und während er lautstark das Kussgeräusch macht, öffnete er wieder seine Finger mit einer schwungvollen Bewegung. Somit war für mich klar, die Osteria musste molto bene sein. Da Reservieren unbedingt notwendig war, schlug er mir vor, das für mich zu übernehmen und ich willigte gerne ein. „Bitte für morgen Abend, denn heute haben Zoe und ich schon etwas anderes vor“, bat ich noch. Daraufhin bedanke ich mich für den lustigen und interessanten Spaziergang und wir verabschiedeten uns.

Als ich ins Apartment kam, fand ich es leer vor, was mich verwunderte. Wo war Zoe bloß? „Naja, sie wird sicher gleich auftauchen", redete ich mir ein und beschloss, zunächst einmal eine ausgiebige Dusche zu nehmen. Es gab wohl nichts Schöneres, als sich nach einem Tag am Strand mit Sand und Meerwasser zu duschen. Meine Haut war schon leicht gebräunt, was ich wohlwollend im Spiegel feststellte. „Anders als in meiner Kindheit", dachte ich, denn da bin ich vom Urlaub zurückgekommen und die gängige, lustig gemeinte Frage lautetet: „Warst du in der Lurgrotte auf Urlaub?" Ich konnte nie darüber lachen. Ich ließ mir wirklich lange Zeit im Badezimmer. Duschen, Haare waschen, eincremen. Als ich fertig war zog ich mir eine Tunika drüber und stellte fest, dass Zoe noch immer nicht zurück war. Schön langsam ging sie mir auf die Nerven, doch ich wollte keine überhysterische Mutter sein und sie sofort am Handy anrufen. „Genieß die Ruhe", sagte ich zu mir selbst, ging in die Küche, schenkte mir ein Glas prickelnden Prosecco ein und setzte mich auf die Terrasse. Die Anlage war wirklich sehr gepflegt. Im Außenbereich gab es Wiesen, kleine Bäume, Blumen, fast ein bisschen parkähnlich. Inmitten sah ich einen Springbrunnen mit irgendwelchen nautischen Symbolen, die ich aber von der Entfernung nicht erkennen konnte. Vor mir lag der Hafen und die Boote, die vertäut waren, wackelten lustig hin und her. Der Wind frischte auf und es hatte den Anschein, das Wetter könnte heute noch umschlagen. Doch ich wusste, selbst wenn das so wäre, würde das dem Sommerurlaub keinen Abbruch tun. Denn ich erinnerte mich, dass es in meiner

Kindheit in Lignano oft nachts geregnet, ja sogar heftig gewittert hatte, und am Morgen war wieder der strahlendste Tag. Ich hatte ausgetrunken und von Zoe war noch immer keine Spur. Es war schon halb acht und nun riss mir der Geduldsfaden. Ich holte mein Handy und tippte auf ihren Namen. Doch wie immer ging sie nicht ran. Zumindest hatte ich nun die Hoffnung, dass sie mich bald zurückrufen würde und beschloss, mir mit noch einem Gläschen Prosecchino – wie Tante Poldi, die Protagonistin einer meiner Lieblingsbücher das göttliche Gesöff zu nennen pflegte – die Zeit zu verkürzen und den Hunger, der bereits mehr als präsent war in Schach zu halten. Zwei weitere Prosecchini später, kein Rückruf und ein Loch im Magen hörte ich die Tür ins Schloss fallen. Ein kurzes, dafür umso unfreundlicheres „Hy Mum", und eine weitere Tür fiel zu. Ich glaubte im falschen Film zu sein, ging zum Zimmer meiner Tochter, öffnete die Tür und fand sie bäuchlings am Bett liegend, mit dem Handy in der Hand. Ein Bild, das ich blind aus dem Gedächtnis nachzeichnen hätte können. „Und?", war mein einziger Kommentar. „Was?", war die Antwort. Na, das konnte ja ein tolles Gespräch werden. Was für ein Irrtum, denn es wurde ein Streit. Bei ihr ging es darum, dass sie sich mit der Gruppe wegen irgendwas gestritten hatte und jetzt keine Lust hatte, auch noch bei mir Rechenschaft abzulegen. Bei mir ging es darum, dass ich es nett gefunden hätte, wenn sie sich zumindest gemeldet hätte und ich nicht vor lauter Sorge (ich wollte Drama in die Sache bringen) und Hunger (das hätte an erster Stelle gehört) wie ein Depp im Apartment gesessen wäre. So ging es eine Viertelstunde, bis es mir zu bunt wurde und ich mit einem „Rutsch mir doch den Buckel runter!“ ihre Zimmertüre wieder von außen zuschlug. Ich zog mir eine kurze Hose und ein T-Shirt an, schlüpfte in meine Flip-Flops, schnappte mir mein Geld, Handy und Schlüssel und schmiss dramatisch nun auch die Tür zum Apartment hinter mir zu. „Soll sie doch bleiben, wo der Pfeffer wächst“, dachte ich mir total verärgert und machte mich auf die Suche nach einem Restaurant.

Kapitel 12

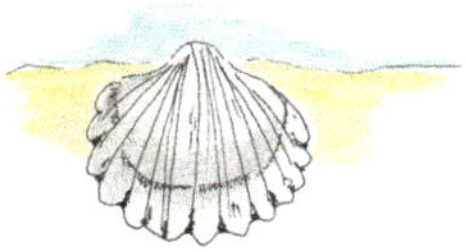

Der Wind wurde immer stärker, was ich aber nur am Rande wahrnahm, weil ich so verärgert über Zoe war. „Warum kann ich nicht auf Augenhöhe mit ihr reden?“, dachte ich mir und dabei schlich sich auch ein bisschen Wehmut in den Gedanken. Ich ging den Lungomare Marin entlang. Mir kamen Pärchen entgegen, die Hand in Hand einen Abendspaziergang machten, Familien mit kleinen Kindern, die vergnügt auf der Steinmauer herumturnten die den Asphaltweg vom Strand trennte, und Richtung Meer sah ich noch die letzten Überbleibsel vom Tag. Da ich weder Lust hatte, mich mit meiner Stimmung all dieser Unbeschwertheit hinzugeben, noch länger nach einem Restaurant zu suchen, kehrte ich gleich in eine Pizzeria direkt am Lungomare ein. Ich sagte dem Kellner, ich würde einen Tisch für eine Person brauchen. Das darauffolgende erstaunte und etwas mitleidige, „Solo una?“, hob meine Stimmung enorm. Da saß ich nun, merkte, dass mir der Appetit vergangen war und bestellte dennoch „Un mezzo litro vino bianco da tavola“, und, damit ich wenigstens etwas Unterlage bekam, denn der Prosecchino davor war doch nicht so harmlos gewesen, „un’insalata caprese“.

Während ich aufs Essen wartete, hing ich der Vergangenheit nach. „Zoe ist ein richtiges Mama-Kind“, haben immer alle gesagt. Und tatsächlich, sie hing mir am sprichwörtlichen Rockzipfel, zeigte mir ihre Liebe mit Umarmungen und Küssen, so oft es nur ging, und ich genoss die Zeit, die wir miteinander verbrachten. Als ich zu Zoes Schulbeginn wieder meinen Job aufnahm, merkte ich erst, wie sehr mir die Zeit mit ihr fehlte. Zum Glück hatte ich einen verständnisvollen Chef und dieser kürzte meine Arbeitsstunden von Voll- auf Teilzeit. Ab diesem Moment brachte ich alles unter einen Hut. Ich konnte mich beruflich austoben, hatte aber dennoch genug Zeit mit meiner Tochter. Wenn ich daran zurückdenke, ist mir bewusst, dass ich das nicht für sie tat. Ich tat es für mich und das war gut so. Die Abmachung mit meinem Chef, meine Arbeitszeit mit dem Eintritt meiner Tochter ins Gymnasium, wieder raufzusetztzen, war eine gute. Nicht nur, dass es an der Zeit war loszulassen, das Ende meiner Ehe wurde auch immer sichtbarer. Ich hatte den Drang finanziell unabhängig zu werden und das konnte ich nur, wenn ich mehr verdiente. Obwohl Kurt, wie er mir später gestand, genauso unglücklich in unserer Ehe war, wäre er nie auf die Idee gekommen, die Scheidung zu verlangen. „In unserer Familie kommt so etwas nicht vor“, hörte ich noch den Admiral sagen, als wäre es gestern gewesen. Und keiner in dieser Familie hat diese Worte je angezweifelt. Lieber unglücklich bis ans Lebensende, war das Motto. Doch die Streitigkeiten zwischen Kurt und mir wurden immer unerträglicher, nicht nur für uns, sondern auch für Zoe, wie ich meinte. Wir hatten beide einen anderen Weg in unserem Leben eingeschlagen und dieser verlief nicht parallel zueinander. Kurts konservative Art, die sich nach Einstieg in die Familienkanzlei immer mehr ausgeprägt hatte und meine Freiheitsliebe, die mit zunehmenden Alter auch immer größer wurde, passten einfach nicht mehr zusammen. Abgesehen davon hatten wir aufgehört miteinander zu schlafen. War früher für uns der Sex, selbst wenn es kriselte, etwas, das uns wieder zusammenführte und was uns auf jeden Fall verband, war er zu diesem Zeitpunkt nicht einmal mehr etwas, was wir aus Notwendigkeit miteinander taten. Alle Anzeichen, selbst das letzte, zeigten auf – diese Beziehung war zu Ende. Eine endgültige und auch erleichternde Entscheidung für Kurt und mich, eine Schreckensmeldung für Zoe. „Ecco, Signora, il vino bianco“, riss mich der Kellner aus meiner Erinnerung und ich antwortete etwas verdattert: „Si, grazie.“ Er schenkte mir ein halbes Glas ein und schon war er wieder verschwunden zwischen all den gut belegten Tischen. Ich nahm einen großen Schluck in der Hoffnung, den Kloß, der sich in meinem Hals aufgrund meiner Gedanken gebildet hatte, wieder loszuwerden und war schon wieder mittendrin in der Vergangenheit. Zoe war zum Zeitpunkt unserer Entscheidung gerade einmal richtig im Gymnasium angekommen und dabei, sich auf die schönste Phase des Lebens aller Eltern einzustellen - die Pubertät. Als ich mich mit einer Freundin verwundert über deren frühes Eintreten austauschte, sagte sie: „Das ist die Vorpubertät. Das wird noch schlimmer.“ Im Geiste sah ich mich schon eine Waffe kaufen oder Zoe in ein Internat ganz weit weg stecken, doch es wurde nicht schlimmer, es blieb konstant. Darüber konnte ich mich allerdings nur wenig freuen, denn was ich nicht einschätzen konnte, war die Art, wie sie sich mir gegenüber benahm. War sie so, also eher abweisend, abwesend – sowohl körperlich (oft) als auch geistig (noch öfter) – weil ich nicht mehr mit ihrem Vater verheirate war oder, weil sie einfach sich selbst finden musste? Mir fehlten die lustigen Gespräche mit ihr, die Liebesbeweise, die Körperlichkeit. Auf den Punkt gebracht – mir fehlte meine Zoe. Und nun das. In dem geplanten Urlaub sah ich die Chance, wieder etwas Nähe aufzubauen. Ich wollte mit ihr die Straßen Bangkogs erobern, die Strände Ko Samuis, neue Geschmäcker probieren und Elefanten waschen. Doch was hatten wir nun? Ich saß alleine und traurig in einer Pizzeria in Lignano und sie allein und höchstwahrscheinlich angefressen im Apartment. Ich fühlte mich phänomenal. „Insalata caprese?" Vor mir stand eine Kellnerin mit einem Teller in der Hand und schaute mich fragend an. Ich wusste nicht, worauf sie wartete, denn immerhin saß ich – als könnte ich das vergessen - alleine am Tisch. Für wen sollte der Salat denn sonst sein? Gereizt sagte ich also: „Si ... ." Die nächste halbe Stunde verbrachte ich damit, den Salat lustlos zu essen, zu zahlen und das Lokal noch deprimierter zu verlassen, als ich gekommen war.

Im Restaurant war ich so in meinen Gedanken versunken, dass ich nicht merkte, dass aus dem starken Wind, ein richtiger Sturm geworden war und es überall rundherum blitzte. Immer wenn es durch einen Blitz hell wurde, sah ich weit hinaus aufs Meer und das war ein phantastischer Anblick. Genießen konnte ich diesen jedoch wenig, denn mir war bewusst, dass ich so schnell wie möglich ins Apartment musste. Zum Glück war es nicht weit und so ging ich schnellen Schrittes den Lungomare Marin entlang, der nun wie leergefegt erschien. Ich bewegte mich Richtung Hafen und die Boote, die vertäut darin lagen, wippten wie wild hin und her und gaben ziemlich laute, metallische Geräusche von sich. Mein Blick fiel auch auf den Faro Rosso, der wacker am Steg stand und sich nichts anmerken ließ. „Du hast wahrscheinlich schon Schlimmeres erlebt", dachte ich bei mir und im nächsten Moment spürte ich dicke Tropfen auf meine nackten Arme fallen. Es blitzte und stürmte um mich herum und mir war klar, dass es nun wirklich an der Zeit war, einen Zahn zuzulegen, um ins Trockene zu kommen. Gerade noch rechtzeitig, bevor es richtig ungemütlich wurde, erreichte ich den Hauseingang zu unserem Apartment, fuhr in den vierten Stock und öffnete die Türe. Im nächsten Moment lag mir eine weinende Zoe um den Hals und ich wusste nicht, wie mir geschah. „Mama, da bist du ja endlich. Ich konnte dich nicht am Handy erreichen und hab mir Sorgen gemacht, weil der Sturm immer stärker geworden ist", sagte meine Tochter mit erstickter Stimme und offensichtlich ziemlich aufgeregt. Ich schaute verdattert auf mein Handy und sah tatsächlich sechs Anrufe in Abwesenheit. „Ich habe das Telefon nicht gehört", sagte ich mehr für mich selbst als für Zoe. „Wahrscheinlich war der Sturm so laut, dass ich das Läuten nicht hören konnte." Und dann sagt sie etwas, was mich mehr überraschte als alles andere an diesem Abend: „Es tut mir voll leid, dass wir vorhin gestritten haben. Aber ich war so verärgert wegen einer Sache heute Abend und dann hast du mich auch noch angepisst.“ In ihrem Blick lag noch immer ein wenig Angst und Bedauern und ich wusste in diesem Moment, dass das, was sie mir gerade gesagt hatte, ihr nicht leicht über die Lippen gekommen war. Ich umarmte sie und sagte: „Schon gut. Ich habe mir vorher Sorgen gemacht, du jetzt. Also sind wir quitt.“ Ich nahm sie in meine Arme und in diesem Moment hatte ich meine tristen Gedanken von zuvor schon wieder vergessen. Alles war gut.

Den restlichen Abend verbrachten Zoe und ich staunend auf unserer Terrasse. Ich konnte mich zwar daran erinnern, dass die Gewitter in Lignano schon immer sehr heftig gewesen waren. Fast so, als wollte sich der liebe Gott höchstpersönlich für einen schönen, sonnigen Tag mit einem Konzert bedanken. Doch dieses Gewitter war wohl das spektakulärste, das ich je miterlebten durfte. Wir sahen Blitze so deutlich, als würde jemand mit einem Leuchtstift Konturen an den dunklen Himmel malen. Es waren dickere und dünnere Striche, die aber alle miteinander verbunden schienen und die wie Adern vom Himmel ins Wasser glitten. Der Sturm brachte das Meer in Aufruhr und die Schiffe im Hafen wackelten so sehr hin und her, dass man befürchten musste, sie könnten kippen oder aneinander zerschellen. Die Energie, die durch dieses Spektakel freigesetzt wurde, war zum Greifen nah und immer, wenn es durch einen weiteren Blitz hell wurde, sahen wir auf unserem Logenplatz bis weit über das Meer. Wir kamen aus dem Staunen gar nicht mehr heraus. Zoe machte unzählige Fotos mit der Handykamera und ich war einfach nur glücklich, diesen besonderen Moment mit ihr gemeinsam zu erleben.

Es war schon nach Mitternacht, als wir zu Bett gingen. Das Gewitter hatte sich gelegt, was sowohl Lignano betraf, als auch meine Tochter und mich.

Kapitel 13

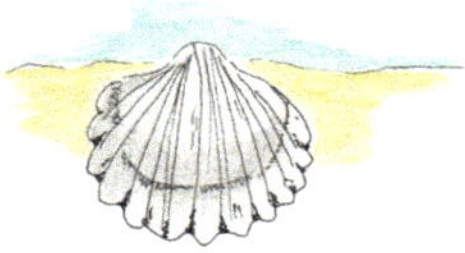

Der nächste Tag war wettermäßig durchwachsen. Es war warm, jedoch verschwand die Sonne immer wieder hinter den vielen Wolken. Am Strand und entlang des Lungomares konnte man deutlich die Spuren des Gewitters und Sturms der letzten Nacht erkennen. Die Luft war herrlich gereinigt. „Guten Morgen“, sagte eine verschlafene, jedoch gutgelaunte Stimme zu mir. Ich war rund eineinhalb Stunden früher aufgestanden, hatte schon den Frühstückstisch gedeckt und einen Kaffee getrunken. „Buongiorno“, war meine nicht minder gutgelaunte Antwort. „Das Wetter ist aber heute nicht sehr prickelnd“, sagte Zoe, setzte sich auf den Stuhl neben mich, nahm sich ein Cornetto con crema und biss herzhaft hinein. „Nein, daher habe ich mir gedacht, wir könnten in den Zoo gehen. Was meinst du?“, sagte ich und nachdem meine Tochter nicht sofort antwortete, fügte ich schnell an, „wenn du magst, kann ja deine Freundin Bea mitkommen.“ Doch es war nicht mein letzter Satz, den meine Tochter zunächst Beachtung schenkte. Viel mehr war sie erstaunt, dass es in einem Ferienort wie diesem einen Zoo gab, schnappte sich sofort ihr Handy und googelte danach. Zoe liebte Tiere so wie ich und ich wusste ganz genau, dass ich sie mit diesem Vorschlag so gut wie in der Tasche hatte. Ihre Augen leuchteten, als sie das Angebot auf der Homepage des

„Parco Zoo Punta Verde" las und sie fragte: „Darf Bea wirklich mit?" Noch bevor ich antworten konnte, tippte sie schon eine Nachricht in ihr Telefon und es dauerte nicht lange und wir hatten eine Antwort: „Urgerne!"

Punkt halb zwölf landeten wir alle drei – wir hatten Bea unterwegs aufgeschnappt - gut gelaunt beim Eingang des Tierparks. Auf unserem Weg dorthin kamen wir auch beim Aquasplash, Lignanos Wasserpark, vorbei, die Mädels quietschten vergnügt und machten sich aus, diesen auf jeden Fall noch zu besuchen. Bea war mir von Anfang an sympathisch. Sie war in etwa gleich groß wie Zoe, hatte einen flotten, rot gefärbten Kurzhaarschnitt, war ein bisschen goschert – wie man auf wienerisch, wo sie herkam, sagt - und hatte ein ansteckendes Lachen. Aber am allerbesten gefiel mir, dass Zoe in ihrer Anwesenheit fröhlicher und entspannter erschien. „Schau, das Kamel", hörte ich meine Tochter begeistert rufen und schon waren die beiden verschwunden. Ich versuchte ihnen hinterher zu kommen und fing sie bei den Giraffen ab. Ich klärte mit ihnen, dass wir nicht auf der Flucht seien, jede Menge Zeit hätten und darauf achten sollten zusammen zu bleiben. Das ging okay und wir schlenderten durch den Park. Kreuz und quer, denn System hatten wir noch keines ausmachen können. So kamen wir an den roten Pandas vorbei, an den weißen Gibbons, Panther, Puma und staunten, dass es sogar einen Schneeleoparden gab. Bei der Robbe hielten wir uns besonders lange auf, denn diese schien gut aufgelegt zu sein und machte für uns und alle anderen Besucher ein paar besondere Einlagen. Die Mädels und ich kamen aus dem Lachen nicht mehr heraus, doch schön langsam, es war immerhin schon eine Stunde vergangen, quälte uns der Durst. Wir wussten, dass es beim Eingang einen Shop gab und so machten wir uns – an Tapir, Strauß und Schildkröte vorbei – zurück auf den kurzen Weg Richtung Entrata. Nach einer kurzen Stärkung – für mich gab es Cappuccino und Aqua senza Gas, für Zoe und Bea Softeis und ebenfalls Wasser, machten wir uns auf in die andere Richtung des Parks. Die Zebras brachten uns wieder auf das Thema, wie gerne Zoe ein eigenes Pferd hätte. Die Tatsache, dass Bea eines hatte, machte die Sache nicht einfacher. Bei den Hirschen erzählte meine Tochter ihrer Freundin von der großen Geweihsammlung ihres Großvaters und ich hatte ein bisschen das Gefühl, dass es dem Mädchen bei den Schilderungen von ausgestopften Murmeltieren, vielen Hirschgeweihen und sogar einem Elchgeweih ihre kurzen Haare aufstellte. Zoe amüsierte sich köstlich dabei und auch ich musste schmunzeln. Die Tiger lagen träge in der Sonne und ebenso taten es die Löwen. Plötzlich hatte ich eine Erinnerung an meine Kindheit und die war so präsent, dass ich trotz der Wärme Gänsehaut bekam. „Als ich mit meinen Eltern einmal in diesem Zoo war, lag der Löwe genauso wie jetzt schlafend auf einer erhöhten Plattform, ich glaube allerdings, damals war es ein Stein“, erzählte ich den Mädels. „Es war eine ähnliche müde Stimmung wie jetzt und im unteren Bereich gingen zwei, drei Löwinnen herum. Ich hatte mich schon abgewandt, weil mir die Situation zu langweilig war, als plötzlich ein Lärm losbrach“, erinnerte ich mich weiter und meine Tochter und ihre Freundin hingen an meinen Lippen. „Ich drehte mich um und sah, dass sich die Löwinnen aus einem mir nicht ersichtlichen Grund anbrüllten, als würden sie miteinander streiten." An dieser Stelle machte ich eine dramatische Pause. „Und plötzlich, plötzlich erhob sich der Löwe in voller Größe von seiner Plattform und ließ einen Brüller los, dass ich dachte, ich würde taub werden. Ich hatte das Gefühl, dass jeder, wirklich jeder in diesem Zoo, sogar jedes einzelne Tier, für ein paar Sekunden vor Schreck erstarrt war. Bis auf die ganz kleinen Kinder, denn die heulten vor Schreck", beendete ich meine Geschichte. Zoe und Bea waren begeistert und wollten wissen, ob ich glaubte, dass es noch immer derselbe Löwe sei, der heute faul vor uns auf seiner Plattform lag. Ich sagte wahrheitsgemäß, dass ich es nicht wisse. „Doch ich würde ihn auf jeden Fall nicht reizen", sagte ich noch, blinzelte den Mädels mit einem Auge zu, grinste und ging weiter zu den Bären.

Wir verbrachten noch eine weitere lustige und interessante Stunde im Parco Zoo Punta Verde, gönnten uns noch ein Eis beim Ausgang und machten uns auf den Weg zurück nach Sabbiadoro. Unterwegs luden wir Bea bei ihren Eltern ab und Zoe und ich fuhren weiter zu unserem eigenen Apartment. „Mama, können wir wenigstens eine Katze haben?", fragte mich Zoe total überraschend kurz vor Ankunft in der Tiefgarage. Uff, da war sie wieder, die Frage nach dem eigenen Haustier. Nicht, dass ich nicht wollte, doch ich war berufsbedingt kaum zu Hause, Zoe ging in die Schule und ich fand, wenn man ein Haustier hat, sollte man sich auch intensiv darum kümmern. Das sagte ich auch meiner Tochter, was allerdings auf null Verständnis stieß. Und in Nullkommanichts war die gute Stimmung dahin. „Himmelhoch jauchzend, zu Tode betrübt“, dachte ich mir und fand, dass man die derzeitigen Stimmungsschwankungen meiner Tochter nicht besser beschreiben konnte. Allerdings ging es mir damit auch nicht besser. Doch was soll’s. Auch diese Phase würde irgendwann vorbei sein, war meine Hoffnung und so machten wir uns fürs Abendessen bereit. Giovanni war ja so nett gewesen für uns einen Tisch in dieser Osteria Sacheburache zu reservieren und ich war schon sehr gespannt, ob das Lokal das halten konnte, was der Italiener uns versprach. Mein Appetit war auf jeden Fall riesig nach diesem ereignisreichen Tag.

Kapitel 14

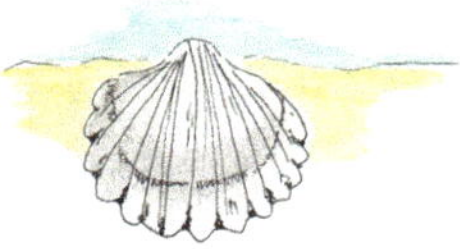

Frisch gemacht, aufgehübscht und in halbwegs guter Stimmung machten meine Tochter und ich uns auf die Suche nach der Osteria, wie sie mir Giovanni beschrieben hatte. Zum Glück hatte ich einen guten Orientierungssinn und wir fanden auf Anhieb hin. Schon als wir uns dem Lokal näherten, das abseits der Einkaufsstraße lag, waren wir beeindruckt. Das Gebäude stand in einem Garten mit vielen Bäumen und Sträuchern und war auf der linken Seite gemauert, hatte Fenster mit grünen Balken, auf einem kleinen Vordach zwei Kutschenräder und den großen Schriftzug Osteria im selben Grün wie die Balken. Die rechte Seite ragte nach vorne und war aus Stein mit Arkadenbögen, worunter sich eine Terrasse befand. Wir sahen hölzerne Tische und jene, die nicht unter den Arkaden standen, waren mit weißen Zelten überdacht. Ein einladendes Restaurant, wie man es auch in einer nicht so touristischen Stadt wie Lignano finden könnte und ein Haus, in dem ich mir gut vorstellen könnte, zu wohnen. „Zum Glück hat Giovanni für uns reserviert“, sagte ich zu meiner Tochter, denn das Ristorante war rappelvoll. Als wir uns den Tischen näherten, stand sofort ein lächelnder Kellner neben uns mit den Worten: „Prego?“ „Es müsste für uns ein Tisch reserviert sein. Auf den Namen Kienzl“, gab ich zur Antwort. „Si, certo“, sagte er und führte uns zu unserem Tisch, der unter den Arkaden stand. Zoe und ich bestellten uns wie immer Wasser, für mich zusätzlich un quarto litro vino bianco und für Zoe Lemonsoda. Danach widmeten wir uns der Speisekarte und staunten nicht schlecht. Die Auswahl war zwar nicht riesig, doch sie ließ einem wirklich das Wasser im Mund zusammenlaufen. Ich entschied mich für den gegrillten Oktopus auf Kartoffelcreme mit Burrata und Zoe für Bandnudeln mit Kirschtomaten und Burrata. Davor aßen wir gegrilltes Gemüse und es schmeckte einfach so, wie Italien schmecken sollte. Während wir aßen, unterhielten wir uns über den Tag im Zoo, zum Glück war das Thema Katze vom Tisch – nur vorläufig – da war ich mir auch sicher. Zoe erzählte mir, dass sie mit Bea sehr viele gleiche Interessen hatte, sie sich auf Anhiebe wie Schwestern verstanden hätten und, wenn ich es erlauben würde, sie sie gerne noch in den Sommerferien in Wien besuchen würde. „Da spricht nichts dagegen“, sagte ich und fügte aber gleich an, „natürlich nur, wenn ihre Eltern es auch erlauben. Und ich würde davor gerne mit ihnen sprechen.“ „Na klar, Mama“, erwiderte meine Tochter, denn sie wusste, wie sie am schnellsten zu ihrem Ziel kam. Nicht nur das Essen im Sacheburache war ausgezeichnet, auch die Bedienung. Mir fiel auf, dass sich vor allem die jungen Kellner um unseren Tisch sehr bemühten. Ich hatte so die leise Ahnung, dass es nicht meinetwegen war. Wir kannten in der Zwischenzeit Pietro, Francesco, Lorenzo und Gianni, der offensichtlich der Inhaber der Osteria war. Er stand plötzlich mit zwei Glas Prosecco vor uns und servierte diese mit den Worten: „Eccolo per le belle signore." Zoe und ich schauten uns fragend an und ich sagte, dass wir keinen Prosecco bestellt hätten. „Aber der Signore, mio amico, da drüben hat es bestellt", Gianni deutete auf ein zu einem Stehtisch umfunktioniertes Fass, wo ein gutaussehender Italiener stand und uns mit seinem eigenen Glas Prosecco zuprostete. „Salute, Giovanni", sagte ich lachend, bedanke mich und winkte ihn zu uns her. Er begrüßte uns mit einem höflichen „Buonasera Zoe e buonasera Julietta." Ich musste zugeben, ich mochte es, wenn Giovanni meinen Namen von Julia zu Julietta umformte. Was soll ich sagen? Die italienische Sprache war einfach wie Musik in meinen Ohren und ließ mich dahinschmelzen, wie Eis auf heißem Asphalt. Zoe witterte genau in dem Moment, als sich Giovanni zu uns setze, ihre Chance und fragte mich: „Mama, darf ich noch eine Runde drehen? Bea und die anderen gehen heute in einen Spielsalon und haben mich gefragt, ob ich auch komme." Ich gab meiner Tochter die Erlaubnis und nahm ihr gleichzeitig das Versprechen ab, wieder zu einer gewissen Uhrzeit im Apartment zu sein. „Einverstanden", sagte sie noch schnell, überließ mir ihren Prosecco und schon war sie dahin. Mir fiel auf, dass Giovanni unser Gespräch mit einem amüsierten Lächeln beobachtet hatte und blickte ihn fragend an. „Ich musste an die Zeit denken, als mein Sohn in diesem Alter war", gab er mir zur Antwort. „Es ist egal, welches Geschlecht sie haben, irgendwie sind sie alle gleich." Ich nahm mir nicht die Zeit, über seine Worte nachzudenken, denn viel mehr interessierte mich, dass er einen Sohn hatte und fragte: „Wie alt ist dein Sohn und wo ist er?" „Andrea ist jetzt ventisette, also 27, und lebt und studiert in Rom." Ich war begeistert, wollte mehr wissen und nahm seine Erzählungen gleich zum Anlass Giovanni zu erzählen, wie sehr ich Rom liebte und in dieser wunderschönen Stadt einen Monat hatte verbringen dürfen. Ich war so interessiert an Giovannis Leben, dass ich ihn auch fragte, ob er noch weitere Kinder hätte. „No, solo uno." Und weil ich gerade in Schwung war und mir der Wein und der anschließende Prosecco meine Hemmschwelle genommen hatte, frage ich auch gleich frei von der Leber nach seiner Frau, die – wie ich annahm – wohl seine Exfrau sein würde. Doch plötzlich wurde es ruhig. „Oh, Mann, warum kann ich nicht meinen Mund halten?", dachte ich bei mir und wusste kurz nicht, was ich sonst noch sagen konnte. Giovanni erkannte meine Verlegenheit und lenkte sofort ein. „Bianca, also meine Frau, ist vor sieben Jahren gestorben", gab er zur Antwort und hatte dabei einen so traurigen Blick, dass ich ihn augenblicklich in die Arme nehmen wollte. „Das tut mir so leid, Giovanni", sagte ich stattdessen und nahm seine Hand, die auf dem Tisch lag. Er erzählte mir, dass seine Frau eine Zeitlang unter Magenschmerzen gelitten hatte und als sie eines Tages vom Arzt nach Hause kam, die Diagnose Bauchspeicheldrüsenkrebs lautete. Natürlich unternahmen sie alles, was man mit der heutigen Medizin machen konnte, doch der Krebs war schon so weit fortgeschritten, dass es quasi keine Chance mehr gab. „Nicht einmal vier Monate nach der Diagnose starb meine Frau", beendete Giovanni seine traurige Geschichte. Ich war erschüttert, nahm einen großen Schluck Prosecco und deutete zu Gianni, er solle noch zwei weitere bringen. Er erzählte mir auch, dass sein Sohn zu dem Zeitpunkt gerade in Rom zu studieren begonnen hatte und aufgrund des Todes seiner Mutter sein Studium abbrechen wollte. „Es kostete mich viel Überredungskunst ihn davon abzuhalten“, erzählte er mir. Die positive Wendung in der Geschichte war, dass Giovanni nun ein großartiges Verhältnis zu seinem Sohn hatte. Sie sahen sich zwar nicht allzu häufig, telefonierten aber regelmäßig. Zum Schluss sagte er noch: „Weißt du, man sagt zwar, Zeit heilt alle Wunden. Ich kann das insofern bestätigen, dass es mit der Zeit besser wird. Aber meine Wunden sind noch immer nicht ganz verheilt.“ Kurz war er still, als würde er über etwas nachdenken. Dann kam noch ein weiterer Satz: „Andererseits hat auch niemand gesagt, wie viel Zeit es braucht.“ Ich hörte ihm aufmerksam zu und musste aufpassen, dass mir bei dieser traurigen Geschichte nicht die Tränen kamen. Ich dachte an meine eigene, gescheiterte Ehe und fragte mich, wie es gewesen wäre mit Kurt ein Leben lang zusammen zu sein. Gemeinsam alt zu werden. Oder auch nicht, wie die Geschichte Giovannis zeigte. So saßen wir beide da, nippten an unseren Prosecchi und jeder hing eine Zeitlang seinen eigenen Gedanken nach. „E tu, Julietta, was ist deine Geschichte“, riss mich der Italiener plötzlich aus der Ferne. Ich dachte mir, dass es nur fair sei, auch von mir ein wenig preiszugeben und so berichtete ich über mein Leben mit Kurt, meinen Beruf als Architektin, meine Herausforderungen mit meiner Tochter und sogar, dass mein Vater im Sterben lag und Zoe und ich deswegen in Lignano Urlaub machten.

„Grazie papà, danke, dass du mir diese wunderbare Frau geschickt hast“, sagte Giovanni, faltetet seine Hände vor sich und blickte nach oben. Und trotz der Traurigkeit aufgrund seiner und meiner eigenen Geschichte musste ich lachen und mir wurde für einen Moment ganz warm ums Herz. Denn intuitiv wusste dieser Mann, was er in welchem Moment sagen oder nicht sagen sollte.

Kapitel 15

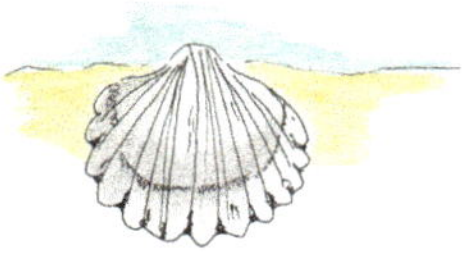

Ich hatte eine sehr unruhige Nacht. Im Traum wurde ich von einem Grizzlybären verfolgt, der mich tatsächlich irgendwann einholte und anstatt mich zu fressen, wie ich es erwartete, mit mir kuscheln wollte. „Ich sollte wirklich die Prosecco-Marke wechseln“, dachte ich verschlafen, als ich munter und mir des Traumes bewusst wurde. Ich streckte mich ausgiebig, gähnte herzhaft und freute mich auf diesen Tag, denn Giovanni und ich hatten beschlossen, eine Radtour zu machen. „Damit du ein bisschen mehr von Lignano kennenlernst“, war seine Motivation. Selbstverständlich war Zoe auch eingeladen, doch sie bevorzugte es, am Beach zu chillen und Zeit mit ihren Freunden zu verbringen. Ein bisschen tat es mir leid, doch dieses Gefühl verdrängte ich sofort. Immerhin wollte ich nicht nur faul auf der Haut liegen und eine Radtour in Lignano hatte ich als Kind definitiv nie gemacht. „Oder konnte man die Ausfahrten mit diesen vierrädrigen, überdachten Dingern, mit denen wir früher die Straßen unsicher gemacht hatten, Radtour nennen? Ich glaube eher nicht“, kam ich zu dem Schluss und stand endgültig auf. Die Küche des Apartments war erfüllt von Sonnenlicht. Keine Spur mehr vom gestrigen Wolkenhimmel. Das wusste Giovanni natürlich, daher waren wir auch schon um halb zehn beim Ufficio tre verabredet. „Ich kümmere mich um die Fahrräder und du sorgst für gute Laune“, war seine Aussage und somit die Arbeitsaufteilung beschlossene Sache. Das ließ ich mir gefallen! Zoe lag noch in den Federn und ich hatte weder Zeit den Tisch zu decken, noch großartig zu frühstücken. Daher machte ich mir nur einen Kaffee und aß ein etwas trockenes Cornetto vom Vortag und eine Nektarine. Leider war auch diese nicht sonderlich saftig. „Wo sind diese köstlichen, italienischen Nektarinen hin?", fragte ich mich wehmütig. Meine Mutter liebte Nektarinen. Und wenn wir früher an den Strand gingen, kaufte sie jeden Tag beim Geissler am Eck welche ein. Kam man dann im Laufe des Tages in den Genuss einer solchen Nektarine, war es gut halb nackt zu sein. Denn bei jedem Biss rann der süße Saft auf die Hand sowie die Körperteile darunter. Das machte jedoch nichts, denn jeder einzelne Biss war ein Hochgenuss. Die perfekte Kombination aus Knackigkeit, Weichheit, Säure und Süße. Alleine beim Gedanken daran rann mir das Wasser im Mund zusammen und ich musste aufpassen nicht zu sabbern. „Und du", sagte ich an das Obst gerichtet, das ich in der Hand hielt, „du bist eine Schande für deine Gattung." Mit diesen Worten beendete ich mein dürftiges Frühstück und machte mich für die Radtour fertig.

Pünktlich um halb zehn schlug ich beim Ufficio tre auf. Zu meiner Begeisterung war Giovanni schon da und unterhielt sich mit einem Mitarbeiter, selbstverständlich wild gestikulierend. Ich hörte gerade noch wie er seinen Satz mit „... esatto", beendete und dachte mir zum tausendsten Mal: „Oh, dio mio, was für eine Sprache!" „Warum lächelst du so?", fragte mich Giovanni anstelle einer Begrüßung. Ich erzählte ihm warum und auch, dass ab heute das Wort „esatto" mein absolutes italienisches Lieblingswort sei. „Außerdem bin ich für die gute Laune zuständig – schon vergessen? Wo sind die Räder?“, fragte ich zum Spaß herausfordernd. Giovanni ließ sich darauf ein, deutete eine Verbeugung vor mir an und sagte: „Signora, die Pferde sind gesattelt.“ Schon wieder musste ich aus vollem Herzen lachen und ich freute mich gleich noch mehr auf diesen Tag. „Doch bevor wir losfahren, müssen wir noch einen Café bei Emilio trinken“, bestimmte Giovanni und deutete auf die Bar am Eck gegenüber dem Ufficio. „D'accordo“, erwiderte ich und war insgeheim froh, dass ich doch noch zu einer kleinen Stärkung kam, denn ich war alles andere als munter. „Außerdem habe ich dir ja versprochen, dass du etwas über Lignano lernen wirst. Und der Geschichtsunterricht beginnt genau jetzt.“ Wir stellten uns an einen Stehtisch, bestellten uns Café und die erste Lektion begann. „Weißt du, früher einmal konnte man Lignano nur über das Wasser erreichen. Ende des 19. Jahrhunderts kamen sie von Marano zu uns herüber, entdeckten unsere sabbia d'oro, unseren goldenen Sand, und machten hier Sommerfrische“, erzählte Giovanni. Ich starrte ihn mit großen Augen an und schlug mir mit der flachen Hand gegen meine Stirn. „Warum machst du das?“, fragte der Italiener teils schockiert, teils amüsiert. „Na, weil ich meine halbe Kindheit hier verbracht habe, ein paar Worte italienisch kann und nicht im Traum auf die Idee gekommen wäre, das Wort sabbiadoro mit der Farbe des Sandes in Verbindung zu bringen. Dabei ist es doch so offensichtlich“, erklärte ich total begeistert. Nachdem ich den Eindruck hatte, dass mein Gegenüber meine Begeisterung nicht teilte, fragte ich hastig nach: „Warum konnte man Lignano nur übers Wasser erreichen?"

„Weil fast alles nur Sumpf und Wildnis war und man nicht anders auf die Halbinsel kam", erklärte mir Giovanni sichtlich erleichtert, dass er das Thema wechseln konnte und erzählte weiter: „Ich habe dir ja schon erzählt, dass Rinaldo Olivotto, der Bürgermeister von Marano, hier das erste Hotel baute." Ich nickte. „Er wusste schon damals, wie viel Zukunft in unserer bella città steckt. Abgesehen davon war er Apotheker und wusste um die Heilkraft des Urlaubsortes." Ich musste lachen, denn mir fielen Bilder auf diversen Social-Media-Kanälen ein, wie es hier zu Pfingsten zuging. Und da war ich mir sicher, dass viele Urlauber nach einem Aufenthalt in Lignano Heilung brauchten, denn hier hatten sie diese definitiv nicht bekommen. Giovanni sah mich fragend an, doch ich winkte nur ab und forderte ihn auf weiterzuerzählen, was er gerne tat. „Man erzählt sich, dass Olivotto auch finanzkräftige Partner für sein Projekt fand. Doch leider scheiterte seine Idee und er verschwand spurlos." Ich war paff und fragte nach: „Wie spurlos? So ‚Ich-mach-mich-aus-dem-Staub' spurlos oder ‚Die-Mafia-hat-mich-erwischt' spurlos?" Doch der Italiener zuckte nur bedeutungsschwer mit seinen Schultern und sein Blick ließ weder das eine, noch das andere erahnen. Stattdessen erzählte er weiter: „Auch weitere Versuche waren zunächst nicht von Glück begünstigt. Einerseits war die Malaria, die es durch die Sümpfe hier gab, ein ziemliches Problem. Andererseits wurde nach 1900 die Infrastruktur zwar von venezianischen Kaufleuten finanziert, doch kaum war alles fertig, kam der 1. Weltkrieg.“ Er nahm in einem Schluck seinen Café, der bestimmt schon kalt sein musste, sagte irgendwas in schnellem Italienisch zum Barbesitzer, sah mich auffordernd an und fragte schon halb abgewandt: „Andiamo?“ Was blieb mir anderes übrig? Schnell winkte ich auch noch in Richtung Tresen, brachte sowas wie ein „Ciao, Emilio“ hervor, bevor ich fast fluchtartig die Bar verließ, um Giovanni zu folgen. „Auf Dauer würde mich dieses italienische Temperament wahrscheinlich fertigmachen“, dachte ich mir noch kurz, bevor ich ihn endlich eingeholt hatte. „Warte mal“, rief ich Giovanni nach und kam mir wie ein Depp vor. „Du musst die Geschichte doch noch fertig erzählen. Wo bleibt das Happy End?“ Giovanni blieb stehen und wandte sich mir zu. „Irgendwann schafften sie es, die Malaria durch die Trockenlegung der Sumpfgebiete auszurotten. Ein weiteres wichtiges Projekt war die Straße von Latisana nach Lignano. Der Rest ist eine Erfolgsgeschichte, wie du selbst weißt.“

Mit unseren Rädern fuhren wir zuerst am Doggy Beach vorbei in Richtung unseres Apartments. „Den Faro Rosso kennst du ja schon. Da brauche ich dir nichts mehr zu erzählen“, sagte Giovanni nach hinten gewandt, denn die Menschen entlang dem Lungomare Marin erlaubten es nicht, dass wir nebeneinander herfuhren. Wir fuhren nach links, ein paar Gassen entlang und kurz bevor ich glaubte, die Orientierung verloren zu haben, erblickte ich den Porto Vecchio, den alten Hafen. Wir fuhren nach rechts, bis zu dem Punkt, wo die Ausfahrt ins offene Meer begann und hielten an. Giovanni deutete auf eine unbesetzte Schiffsanlegestelle und sagte: „Von hier aus kann man tolle Ausflüge machen. Zum Beispiel nach Venedig, in die Lagune von Marano, in das Naturreservat Foci dello Stella oder zur Isola delle Conchiglie, zur Muschelinsel.“ Bei den letzten Worten von Giovanni hatte ich so etwas wie einen Kindheits-Flashback.

Ich war plötzlich wieder sechs oder sieben Jahre alt. Meine Eltern beschlossen, mit mir und meiner älteren Schwester einen Ausflug auf die Muschelinsel zu machen. Ich war so aufgeregt und malte mir die wildesten Geschichten aus, was ich auf dieser Insel entdecken würde. Meine Phantasie überschlug sich geradezu und ich glaubte ganz fest daran, Muscheln in all meinen Lieblingsfarben – und die waren allesamt ziemlich grell - zu finden. Außerdem war für mich sonnenklar, dass auf dieser Insel auch ein Schloss stehen würde, ganz aus Muscheln gebaut und ich, nur ich, würde es betreten dürfen. Meine Schwester hänselte mich deswegen und nannte mich eine blöde Kuh, doch ich ließ mich nicht beirren und nannte sie selbst eine blöde Kuh. Aus einem weiteren Grund war ich aufgeregt, denn es sollte meine erste Bootsfahrt sein. Ein Desaster, wie ich und alle Beteiligten später erfahren sollten. Offenbar mochte mein Körper, respektive mein Magen, überhaupt keine Bewegungen von Fortbewegungsmitteln. Denn kaum hatten wir den Hafen verlassen, wurde mir speiübel und das Frühstück wurde zu Fischfutter. Bis wir auf der Insel angekommen waren, fühlte ich mich hundeelend und es schien, als wäre auch meine Phantasie mit von Bord gegangen. Es kostetet alle

Überredungskraft meiner Eltern, ja, sogar meine Schwester war in diesem Moment einmal nicht garstig zu mir, dass ich überhaupt das Boot verließ und die Muschelinsel betrat. Schlussendlich war es mein Vater, der es mit seiner eigenen Begeisterung für Muscheln schaffte, mir wieder Freude an dem Ausflug zu geben. Er suchte mit mir die schönsten Muscheln, die man sich nur vorstellen konnte. Zwar nicht in meinen Lieblingsfarben, aber in allen möglichen Formen, die ich dann zu meinen Lieblingsformen erklärte. Mit einem Kübel voll „Beute" stieg ich wieder ins Boot und schlief zum Glück für alle Mitfahrenden, vor allem aber für meine Eltern, sofort erschöpft ein und kam ohne weitere Zwischenfälle wieder am Porto Vecchio an. „Mein Vater liebt die Muscheln so sehr wie ich und jetzt hat er keine Gelegenheit mehr, selbst welche zu sammeln", kam es mir. Tränen stiegen in meine Augen, als mich diese Gedanken wie ein harter, kalter Windstoß wieder in die Gegenwart katapultierten. „Julietta, geht es dir gut?", hörte ich plötzlich eine sanfte Stimme. Giovanni sah mich sorgenvoll an. Ich konnte darauf nicht antworten, denn wenn ich etwas gesagt hätte, wäre ich garantiert in Tränen ausgebrochen. Ich sah ihn bloß verzweifelt an und schüttelte kaum merklich den Kopf. Und es war, als hätte mich mein Gegenüber verstanden, als brauchte er keine Erklärungen, er, der selbst schon so viel Trauer erlebt hatte. Daher sagte er nur sanft: „Komm, lass uns weiterfahren." Das taten wir dann auch und mit jedem Meter ließ ich meine Erinnerung und auch meine momentane Traurigkeit hinter mir.

Kapitel 16

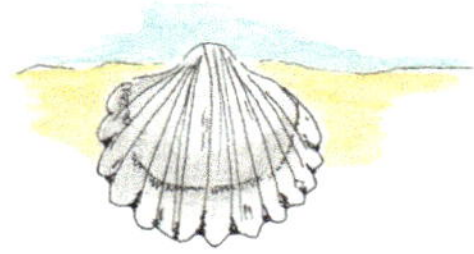

Wir fuhren quer durch Sabbiadoro in Richtung Pineta. Ich versuchte mit Giovanni mitzuhalten, denn auf typisch italienische Art fuhr er wie ein Irrer. Einerseits musste ich auf die Autos aufpassen, anderseits, dass ich in der Fußgängerzone – denn auch durch diese fuhren wir – keine Passanten rammte. Zum Glück war nicht allzu viel los, da die meisten Urlauber um diese Uhrzeit am Strand waren. Als Tüpfelchen auf dem i musste ich natürlich auch noch darauf achten, meinen Führer nicht zu verlieren. Ich blickte nach links und glaubte meinen Augen nicht zu trauen. Wer blickte mir da aus einer Auslage direkt ins Gesicht: der Führer. Nein, nicht meiner namens Giovanni, sondern Adolf Hitler höchstpersönlich. Ich war schockiert, machte mit meinem Rad eine Vollbremsung und rief so laut ich konnte: „Stopp!!!!“ Wie gebannt schaute ich auf die Auslage von Alimentari Sebastiani, sah Flaschen mit Etiketten, auf denen sowohl Hitler als auch Mussolini abgebildet waren. Nicht, dass ich dieses Geschäft nicht kannte. Ich war nur wirklich über das Angebot in diesem Geschäft überrascht. Als Giovanni bei mir ankam, stellte ich ihm daher genau diese Frage: „Wie kann es sein, dass es dieses Geschäft mit diesen Produkten noch immer gibt?“ Er wiederum schüttelte nur den Kopf, zuckte mit den Schultern und meinte: „Bei uns ist das nicht verboten.“ „Aber hat sich nie jemand darüber beschwert?“, fragte ich verblüfft weiter. „Natürlich gibt es immer wieder Beschwerden, doch es ändert nichts. Offenbar gibt es genug Abnehmer, darunter – wie man hört – auch einige Österreicher und Deutsche.“ Ich schaute noch einmal auf die Auslage, und obwohl es extrem heiß war, lief mir ein Schauer über den Rücken. Somit beschloss ich, die Sache dabei zu belassen und Giovanni und ich traten wieder in die Pedale, was das Zeug hielt. Gleich darauf kamen wir zu der Brücke, die ich als Kind nur als Ende der Einkaufsstraße kannte, passierten den Parco Junior und nach einem weiteren Kreisverkehr den Campingplatz von Sabbiadoro, den man allerdings nur an seiner Einfahrt erkennen konnte. Der Platz selbst verschwand in einem riesigen Pinienwald. Und überhaupt war an unserer Wegstrecke rechts und links viel Grün zu sehen. Gedankenverloren radelte ich neben Giovanni her, als er plötzlich nach links in eine Gasse einbog und ich schon wieder zu tun hatte, um ihm zu folgen. „He, das nächste Mal kannst du ruhig sagen, dass wir abbiegen“, rief ich ihm verärgert hinterher, doch im nächsten Moment hielt ich den Atem an, denn mit dem, was ich nun sah, hatte ich nicht gerechnet. Inmitten des Pinienwaldes stand eine kleine steinerne, terrakottafarbene Kirche – umrahmt von ein paar Palmen im Topf sowie Holzbänken. Auf diesen Bänken saßen Menschen und wenn ich deren Blicken folgte, sah ich einen Pfarrer, der offensichtlich eine Messe abhielt. Eine Messe im Freien. Das gefiel mir. Irgendwie hatte die ganze Szenerie etwas Sanftes, Beruhigendes. Gleichzeitig kam ich mir wie ein Eindringling vor und versuchte besonders leise zu sein. Ein paar Menschen bemerkten uns, sahen kurz zu uns rüber, widmeten ihre Aufmerksamkeit aber sogleich wieder dem Pfarrer. Über ein paar Bänken sowie dem Freiluft-Altar war eine Art Segel gespannt, das an Pinien befestigt war. „Eine clevere und gleichzeitig hübsche Art Schatten zu erzeugen", dachte ich bei mir. Eine Zeitlang standen Giovanni und ich mit unseren Rädern einfach nur da und beobachteten das Bild, das uns geboten wurde. Dann hörten wir eine Glocke läuten, die der Pfarrer in der Hand hielt, und es kam Bewegung in die Szenerie. Menschen standen von ihren Bänken auf und gingen in Richtung Ausgang, also genau auf uns zu. „Was ist das für eine Kirche?", fragte ich Giovanni und merkte, dass ich flüsterte. Er lächelte und erzählte mir die Geschichte dazu. „Das ist die Chiesa di Santa Maria del Mare, eine Kirche aus dem 14. Jahrhundert. Sie stand ursprünglich in Bevazzana am Tagliamento. Doch ein schreckliches Hochwasser spülte sie fast komplett weg, woraufhin sie Mitte der 60er-Jahre an diesem Ort rekonstruiert wurde." Wir hatten unsere Räder abgestellt und gingen einen geschwungenen, gepflasterten Weg entlang, in Richtung Eingang der Kirche. Die Front war einfach. Links und rechts zwei rechteckige Fenster, hübsch mit Pelargonien geschmückt, in der Mitte ein Torbogen, der nach oben hin spitz zusammenlief und darüber ein rundes Fenster. Sowohl die Fensterumrandungen als auch jene des Torbogens waren zwar aus demselben Stein, aus dem die ganze Kirche bestand, doch waren diese so geschickt verlegt, dass sie ein anderes

Muster ergaben und für mich somit das gewisse Etwas hatten. Giovanni deutete auf die rechte Seite, wo wir unter einem kleinen Holzdach in den Stein eingelassen, eine Skulptur sahen. „La Madonna con bambino", sagte er fast ein bisschen andächtig. Die Türen des Kirchleins waren aus dunklem Holz, was man aber nicht sofort sah, denn sie standen sperrangelweit offen. Ich war begeistert, denn dadurch fühlte man sich sofort eingeladen einzutreten. Das Innere passte zum Äußeren und bestach durch seine Schlichtheit. Links und rechts waren ein paar Holzbänke aufgestellt, die Decke war ebenso aus dunklem Holz mit Querbalken gefertigt. Die Wände waren weiß gestrichen und der Altar sehr einfach gehalten. Kein Prunk und Gold und doch war dieser Ort spiritueller als manch andere Kirche, die ich besucht hatte. Giovanni und ich gingen bis vor zum Altar vor dem ein Teppich lag. Der Blick in die beleuchtete Apsis zeigte in der Mitte eine geschnitzte Mutter Maria hinter Glas sowie Fresken. „Diese Fresken stammen aus dem 14. Jahrhundert", erzählte mir der Italiener bevor wir beim seitlichen Ausgang die kleine Kirche wieder verließen. „Wow", entkam es mir, sobald wir im Freien waren, „nie im Leben hätte ich Lignano mit so einem besinnlichen, atmosphärischen Ort in Verbindung gebracht. Ich danke dir vielmals, dass du ihn mir gezeigt has, Giovanni." „Con piacere, es war mir eine Freude", antwortete er sichtlich zufrieden und fügte in seiner besten Reiseführer-Tonlage an, „doch nun ist es an der Zeit, diesen ruhigen Ort zu verlassen und uns weiter auf unsere Tour zu begeben, denn wir haben noch viel vor." Mit einem

„d'accordo Signore" von mir gingen wir zu unseren Rädern und fuhren weiter in Richtung Pineta.

„Warum Pineta so heißt, brauche ich dir wahrscheinlich nicht zu erklären?", fragte mich Giovanni. Ich schüttelte nur den Kopf, denn spätestens nachdem ich die großen Flächen an Pinienwälder gesehen hatte, wäre mir ein Licht aufgegangen. Etwas später kamen wir zum Parco Hemingway, von dem ich zwar schon gehört hatte, aber noch nie dort gewesen war. Für mich war es ein Park wie jeder andere, weshalb wir uns auch nicht sehr lange dort aufhielten. Am Weg weiter erzählte mir Giovanni die Geschichte dazu. „Ernest Hemingway kam immer wieder nach Lignano und liebte es, entlang des Tagliamento auf Wildentenjagd zu gehen. Er gab uns auch den Namen italienisches Florida." „Ah, und als Dankeschön habt ihr ihm einen Park gewidmet?", fragte ich leicht amüsiert. „Si", antwortete Giovanni sehr ernst, „und einen internationalen Literaturpreis auch, den Premio Ernest Hemingway." Nun war ich doch ein bisschen beeindruckt und hakte nicht mehr nach. Auch, weil ich den Eindruck hatte, Giovanni war sehr stolz auf diese Verbindung seiner Stadt mit dem berühmten Schriftsteller. Viel mehr begann ich zu überlegen, wann Ernest Hemingway hier gewesen sein musste und wie er wohl Lignano erlebt hatte. Daher sagte ich noch: „Für uns ist es heute schon so selbstverständlich in wenigen Stunden am Meer zu sein oder sogar auf anderen Kontinenten. Irgendwie wäre es lustig, auch in der Zeit reisen zu können, um zu erleben, wie es früher einmal war." Nun war es Giovanni, der mich belustigt ansah, woraufhin ich verlegen beschloss den Mund zu halten.

Irgendwann passierten wir das Zentrum von Pineta, wo wir anhielten, um uns eine Erfrischung zu gönnen. Bei einem Coca-Cola für Giovanni und einer Spremuta d'Arancia für mich, verschnauften wir ein wenig. „Weißt du, bei meinem Architekturstudium hatte ich einen Professor, der total italophil war. Er zeigte uns unter anderem Bilder aus der Vogelperspektive von Lignano Pineta, die mich sehr faszinierten." Und fast gleichzeitig sagten Giovanni und ich: „Wie eine Schnecke." Wir mussten lachen. „Weißt du auch, warum das so ist?", fragte ich mein Gegenüber. „Nicht so genau", erwiderte dieser, also erzählte ich weiter. „Da gab es doch diesen Architekten in den 50er-Jahren, der beauftragt wurde, Pineta zu gestalten. Wenn ich mich recht erinnere, hieß er Marcello d'Olivo." Giovanni hörte mir gespannt zu. „Auf jeden Fall liebte dieser Mann die Mathematik im Allgemeinen und Kreisbögen und Sinuskurven im Speziellen. Daher beschloss er, als Kontrast zu den Horizontalen des Meeres und des Sandstrandes und den Vertikalen der Schwarzkieferstämme Spiralen zu setzen, mit diesem Platz hier als Zentrum. Wie heißt dieser Platz?" „Piazza Rosa dei Venti", gab mir Giovanni zur Antwort und übersetzte zusätzlich, Platz der Windrose." „Ja genau", nahm ich wieder meine Erzählung auf, „und wenn man auf diesen Platz von der Vogelperspektive aus schaut, dann sieht man einerseits ganz deutlich diese Spirale, deren Windungen in einem Abstand von 100 Metern verlaufen. Andererseits erkennt man eine elegant geschwungene Schneise, die vom Platz hier bis runter zum Meer verläuft." An eines konnte ich mich nicht mehr so genau erinnern, daher fragte ich Giovanni: „Heißen hier nicht sogar die Straßen anders?" „Ja", gab er zur Antwort und erklärte, „hier heißen sie nicht Via oder Strada, sondern die gebogenen Straßen heißen Arco und Raggio jene, die nur leicht gebogen sind." Und nach einer kurzen Pause fügte er an: „Pineta ist eine richtige Oase mit ihrem dichten Pinienwald." „Und auch ein Juwel, was die Architektur betrifft", fügte ich an. Der Italiener nickte und war sichtlich beeindruckt. „Gar nicht so schlecht, wenn man mit einer Architektin unterwegs ist", meinte er noch anerkennend, nachdem er mir gesagt hatte, dass er schon einiges gewusst hatte, aber nicht so genau. „Und es freut mich, dass auch ich heute etwas Interessantes beitragen konnte", gab ich zur Antwort. „Das Interessanteste, das du beiträgst, bist du selbst, bella Julietta", sagte er darauf und ich wurde sofort rot wie eine vollreife italienische Tomate. Ich hoffte, dass er es nicht bemerkte, denn er sah mir dabei so tief in meine Augen, dass ich meinte, die Zeit würde stillstehen. Und als die Verlegenheit zu groß zu werden schien, unterbrach ich den Moment mit den Worten: „Jetzt hatten wir Sabbiadoro als Metropole, Pineta, als die grüne Lunge. Ich nehme an, jetzt geht's noch nach Riviera, wo es nur mehr Natur pur gibt?" „So ist es, meine Liebe", kam die Antwort. Wir zahlten und machten uns wieder auf den Weg.

Kapitel 17

„Was ist bloß los mit mir?“, dachte ich mir, als wir schweigend unseren Weg fortsetzen. Ich ärgerte mich über mich selbst. War es schon so weit gekommen, dass mich ein Kompliment derart aus der Fassung brachte? Aber es war nicht nur das Kompliment. Es war auch diese Ernsthaftigkeit, die in seiner Aussage mitschwang und natürlich immer wieder dieser Blick. Ein Blick, der so intensiv war, als könnte er mir in die Seele schauen. Und das Überraschende dabei war, ich fand es nicht unangenehm. Ganz im Gegenteil. Doch warum führte ich mich dann so kindisch auf? Noch immer verärgert versuchte ich die Gedanken beiseite zu schieben. „Hörst du das?“ Giovanni, der links von mir fuhr, drehte sich leicht zu mir und deutete nach oben. Einen Moment lang versuchte ich herauszufinden, was er meinte, doch es war zwecklos, also fragte ich: „Was?“ „Die Zikaden“, sagte er und mir fiel es wie Schuppen von den Augen. Es rasselte doch permanent um mich herum, daher sagte ich: „Selbstverständlich höre ich die Zikaden. Die hört man doch die ganze Zeit, wenn man hier in Lignano ist. Daher habe ich nicht gedacht, dass du dieses Geräusch meinst.“ Er gab mir recht und wir mussten beide lachen. Durch diesen kurzen Einwurf fiel die Anspannung zum Glück wieder von mir ab und ich war mehr als froh darüber.

Wir näherten uns Riviera, dem Ortsteil von Lignano, der an der Mündung zum Tagliamento lag. „Wie du vorhin schon richtig angemerkt hast, ist Riviera der Stadtteil für Naturliebhaber“, erklärte mir Giovanni und erzählte weiter, „das Lustige daran ist, man ist noch immer in Lignano und merkt überhaupt nichts von Sabbiadoro. Daher wird es auch von manchen als Villaggio in Città, als Dorf in der Stadt, bezeichnet.“ Wir fuhren immer weiter, bis wir an einem großen Gebäude - einer Bootsvermietung, wie mich Giovanni wissen ließ – links abbogen und ein entzückendes Gebäude mit einem Strohdach erblickten. „Diese Art von Häusern nennt man bei uns Casoni“, begann er zu erklären. „Wenn du mit dem Boot in die Lagune von Marano fährst, siehst du noch einige von diesen typischen, strohgedeckten Fischerhütten. Sie waren Behausung und Rückzugsort für die Fischer.“ Und noch bevor ich etwas fragen konnte, ergänzte er: „Casoni können rund oder rechteckig sein und in der Mitte haben sie eine Feuerstelle.“ Mich faszinierte dieses Gebäude, das aus Bündeln von Schilf gebaut war und sehr romantisch aussah. Allerdings hatte das Haus vor uns einen anderen Zweck. In großen Buchstaben stand auf einem Holzdurchgang „Al Cason“ und die Speisekarte an der Tür verriet, dass es sich um ein Restaurant handelte. „Sieht sehr einladend aus“, dachte ich mir und nahm mir vor, so es unserer Zeit zuließ, es mit Zoe zu besuchen.

Und endlich waren wir auch an unserem Ziel angelangt - dem Tagliamento. An der Stelle, wo wir uns umblickten, sah ich viel Schilf im Wasser und ein altes Boot, das mit der

Backbordseite im Wasser hing und definitiv schon bessere Zeiten gesehen hatte. Doch das Motiv war genial und ich schoss ein Foto mit meiner Handykamera. Nachdem Giovanni mir noch mehr zeigen wollte, machten wir uns wieder auf den Weg. Wir umfuhren die Marina, bogen bei einem Kreisverkehr an der ersten Abfahrt rechts ab, immer die Straße entlang, bis wir wieder am Ende einer Straße anlangten. Am Tagliamento sah ich ein Boot, das offenbar gerade von einem Ufer zum nächsten fuhr. Auf diesem Boot eine Gruppe von Menschen und Fahrräder. Ich fragte den Italiener neugierig, was das sei. „Das ist unsere Fährverbindung nach Bibione. Wenn du möchtest, können wir das machen“, erklärte er mir. „Puh, du, nein danke, ich glaube, die Lignano-Rundfahrt reicht mir fürs Erste“, gab ich zur Antwort und er musste lachen. Wir stellten unsere Fahrräder ab und gingen einen schmalen, hölzernen Weg, der zum und entlang dem Tagliamento führte. Rechts auf einem großen, grauen Stein war mit schwarzer, einer Handschrift nachempfundenen Schrift, Folgendes zu lesen: „...Di là dal fiume e tra gli alberi.“ Danach in Großbuchstaben die Initialen des Zitierten: E.H. so viel reichte mein Italienisch aus, dass ich die Worte übersetzen konnte. Vielleich lag es aber auch daran, dass ich den Buchtitel kannte, der hier abgebildet war. „Über den Fluss und in die Wälder“, ein Buch über Liebe, Krieg und Italien so viel ich wusste. Ich war fasziniert, denn erst jetzt wurde mir richtig bewusst, dass ich vielleicht gerade am selben Ort stand, wo einst ein Nobelpreisträger gestanden war. „Ernest Hemingway ist wohl allgegenwärtig“, stellte ich –

an Giovanni gewandt und auf den Stein zeigend - fest. „Na, dann warte nur, was als nächstes kommt“, sagte er und machte mich mit seinen Worten neugierig. Der hölzerne Steg bog nach links ab, doch zuvor wurden noch die letzten Zweifel genommen, denn am Beginn stand eine große Tafel mit dem Hinweis „Passeggiata Hemingway“. Giovanni grinste mich amüsiert an und ich verdreht zum Spaß meine Augen. Das Beste kommt zum Schluss, heißt es doch, und das waren eindeutig die auf den äußeren Rand des Holzstegs, in regelmäßigen Abständen montierten, in blau gehaltenen Tafeln. Auf jeder dieser Tafeln stand ein Zitat des großen Literaten, sowohl auf Italienisch, als auch auf Englisch. Der Hinweis, aus welchem Werk das Zitat stammte sowie am rechten Eck eine Unterschrift des Meisters höchstpersönlich. „Dio mio“, sagte ich anerkennend, „da hat sich wirklich jemand etwas einfallen lassen.“ „Esatto”, antwortete mir der Italiener besonders andächtig, blinzelte mir dabei zu und genoss den Moment. Denn er wusste genau, dass ich gerade jetzt Butter in seinen Händen war. Es waren sicher an die zwanzig Tafeln und ich machte mich daran, ein paar davon zu lesen. Wenn mein Italienisch nicht ausreichte, versuche ich es zusätzlich mit dem englischen Zitat und wenn das auch nicht half, musste Giovanni als Übersetzer herhalten. Was er selbstverständlich als mein Reiseleiter gerne tat. Und so gingen wir diesen Steg entlang, bis wir zu einem Strandabschnitt kamen. Er da bemerkte ich, dass das der Beginn, oder auch das Ende – je nachdem, wie man es sah – des acht Kilometer langen Strandes von Lignano war. Giovanni bestätigte mir meine

Erkenntnis: „Ja, genau, wenn wir da vorne, wo der Tagliamento ins Meer mündet um die Kurve gehen würden, könnten wir den ganzen Strand entlang bis nach Sabbiadoro zurückgehen.“ Und er konnte es sich nicht verkneifen ganz beiläufig und unschuldig zu fragen: „Willst du?“ Doch ich blieb cool und sagte: „Ja, gerne, wenn es dir egal ist, dass unsere Räder hier stehen bleiben.“ „Touché!“, meinte er, und wir wandten uns wieder dem Steg zu. Erst am Rückweg merkte ich, dass ich aufgrund meiner Konzentration auf die Tafeln komplett vergessen hatte, dem Fluss meine Aufmerksamkeit zu schenken. „Wunderschön“, sagte ich mehr zu mir selbst, als zu meinem Begleiter. Doch dieser fühlte sich dennoch angesprochen und erwiderte: „Finde ich auch. Er hat eine Farbe, wie sie in der Karibik vorkommt und ist ein wahres Juwel.“

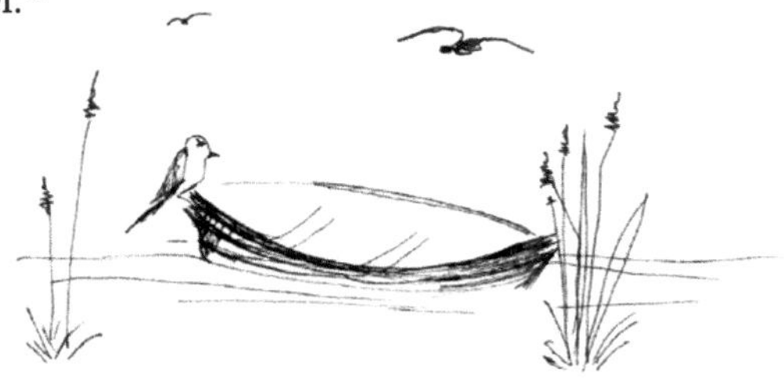

Den Weg zurück nach Sabbiadoro gingen wir gemütlicher an, machten keine Stopps mehr bis wir unser Ziel, das Ufficio 3, erreichten. Es war mitten am Nachmittag und ich hatte einen Hunger wie ein Bär. Vor Giovanni wollte ich das jedoch nicht sagen, weil er sich immer bemüßigt fühlte mich einzuladen und das war mir schön langsam unangenehm. Er nahm ja nicht einmal meine Einladung auf eine Birra an, als Dankeschön für seine tolle Reiseleitung. „No! Das kommt nicht infrage. Wir gehen was trinken, aber ich zahle", sagte er vehement und ich wurde damit mundtot gemacht. Wir beschlossen zu Damiano zu gehen und ich wollte Zoe fragen, ob sie auch zu uns stoßen wolle. Also huschte ich schnell zu unserem Liegeplatz, wo ich sie zu meiner Erleichterung auch – wie üblich mit ihren AirPods in den Ohren – liegend vorfand. Ich hatte ein bisschen schlechtes Gewissen. Denn ich hatte einen so schönen Tag gehabt, dass ich nicht einmal daran gedacht hatte, mich bei ihr zu melden. Als sie mich wahrnahm, drückte sie die Musik auf ihrem Handy weg, begrüßte mich und ich stellte erleichtert fest, dass ihre Laune ganz okay war. „Wie war dein Tag?", kam direkt danach. „Sehr schön", sagte ich und weil ich Giovanni nicht zu lange warten lassen wollte, fragte ich sie gleich: „Wir sitzen oben bei Damiano. Willst du nicht zu uns kommen und was trinken oder essen?" Zoe war einverstanden, stand auf, zog sich ihr T-Shirt drüber und wir gingen in die Bar, wo wir schon erwartet wurden. „Ciao, Zoe", sagte Giovanni sichtlich begeistert. „Ciao, Giovanni", kam die zuckersüße Antwort meiner Tochter. „Wow", dachte ich mir, „wie ein Engel. Nur ich schaffe es, den Teufel in ihr zu entfachen." Wir bestellten unsere Getränke, erzählten Zoe von unserem Radausflug und ich hatte ehrlich den Eindruck, dass sie das alles interessierte. Untermalt wurden meine Annahmen von Äußerungen wie „urcool" oder „leiwand". Ausdrücke, die sie offenbar direkt von Bea, ihrer neuen Wiener Freundin übernommen hatte und die mich tierisch nervten. Doch ich verkniff mir eine Meldung, denn zum Hunger hat sich in der Zwischenzeit auch Müdigkeit gesellt, und Streit mit meiner Tochter war das Letzte, was ich jetzt wollte. Als wir alle ausgetrunken hatten und gehen wollten, fragte mich Zoe noch schnell: „Mama, hast du was dagegen, wenn ich heute mit meinen Freunden essen gehe? Wir wollen nämlich danach noch einmal in die Spielhalle und da könnten wir sozusagen alles gemeinsam machen." Im ersten Moment waren mir diese Fragen zu viel. Doch im nächsten Moment sah ich mich jetzt gleich unter einer schönen Dusche, danach mit einer Flasche Wein und einer italienischen Jause am Balkon sitzend und danach lesend in meinem Bett. Tatsächlich war mir die Aussicht auf einen ruhigen Abend sehr recht, also sagte ich: „Einverstanden. Aber ..." Doch noch bevor ich meine Satz beenden konnte, fiel mir Zoe ins Wort uns sagte: „Ja, eh klar. Ich bin um 23 Uhr im Apartment und passe auf mich auf ..." Alles Weitere, was sie von sich gab, konnte ich nicht mehr hören, weil sie schon am Weg zum Liegeplatz war. Verdattert stand ich da und schaute zu Giovanni, der lachte und mit den Schultern zuckte. Plötzlich hörte ich von irgendwo noch ein lautes, „Danke, Mama. Du bist die Beste." Und damit war alles gesagt.

Giovanni begleitete mich noch bis zu meinem Apartment. Obwohl wir kaum redeten, war es kein unangenehm schweigendes nebeneinander Hergehen. Tatsächlich war es sehr vertraut, was mich gleichwohl überraschte und freute. Vor dem Apartment bedankte ich mich wahrscheinlich zum tausendsten Mal überschwänglich bei ihm für den schönen Ausflug. In dem Moment ging er einen Schritt auf mich zu und nahm meine Hände in seine. Er stand so nah vor mir, dass ich seinen herben Männerduft wahrnehmen konnte. „Wie kann es sein, dass wir einen halben Tag in der brütenden Sonne unterwegs waren und geschwitzt haben und dieser Mann noch immer so gut riecht?“, dachte ich mir. Obwohl die Sonne noch hoch am Himmel stand, bekam ich eine Gänsehaut. Doch ich vermutete, dass das nichts mit der Temperatur zu tun hatte. Schon wieder dieser Blick und einen kurzen Moment dachte ich, er wolle mich küssen. Doch nachdem sein Blick lange genug auf mir geruht hatte, sagte er: „Ich muss dir danken, bella Julietta. Ich weiß nicht, wann ich zuletzt einen Tag, ein Zusammensein mit jemandem, so sehr genossen habe.“ Daraufhin hob er meine Hände ein Stück höher, küsste den Handrücken meiner rechten Hand und wandte sich zum Gehen. Ich blieb wie angewurzelt stehen, fasziniert, was schon ein Kuss von ihm auf meiner Hand auslösen konnte. Doch noch bevor ich mich fangen konnte, drehte sich Giovanni noch einmal um und sagte: „Ach, ja. Geh heute nicht zu spät schlafen, denn morgen treffen wir uns genau an dieser Stelle um viertel vor fünf, also kurz vor Sonnenaufgang. Sei bitte pünktlich.“ Ich wollte protestieren, etwas erwidern oder zumindest fragen, was er denn vorhätte. Doch mein Körper war noch immer gefangen in dieser Situation und mein Verstand sowieso. Ich brachte kein Wort mehr über die Lippen, der Italiener bewegte sich resolut von mir weg und irgendwann, als ich wieder zu mir kam, beschloss ich ins Apartment zu gehen und die Dinge auf mich zukommen zu lassen.

Kapitel 18

Ich schlief wie ein Kleinkind nach einem aufregenden Tag. Den restlichen Nachmittag und Abend des Tages verbrachte ich nur mehr im Apartment. Ich duschte ausgiebig und selbst nach der Dusche hatte ich noch immer das Gefühl, Giovannis Kuss auf meiner Haut zu spüren, ihn zu riechen. Ich ertappte mich mehrmals dabei, wie ich meinen Handrücken an meine Nase, an mein Gesicht führte und ein paar Sekunden ins Träumen geriet. Den ärgsten Hunger hatte ich schon übertaucht, also machte ich mir nur noch eine kleine Jause mit Prosciutto di San Daniele, Grana Padano aus Cremona, ein paar Kapern aus dem Süden Italiens sowie ganz dünnen Grissini, wie ich sie am liebsten mochte. Ich verkostete den Vino rosso, den ich am ersten Tag gekauft hatte, einen Chianti Grande Riserva aus der Toscana und war begeistert. Mit all diesen Köstlichkeiten machte ich es mir auf der Terrasse bequem und ließ nochmals den Tag Revue passieren. Versunken in meinen Gedanken machte ich während des Essens immer wieder Skizzen von der wunderschönen Kirche, vom dem aus Schilf gebauten Ristorante, das den Casoni nachempfunden war und sogar vom halbversunkenen Boot. Mir fiel auch wieder die Muschelinsel ein, was mich zum Handy greifen ließ. „Hallo, Mama“, sagte ich sofort, als ich die vertraute Stimme am anderen Ende hörte und fragte ohne Umschweife, „wie geht es dir und wie geht es Papa?“ Natürlich ging es meiner Mutter gut und meinem Vater den Umständen entsprechend, aber auch ganz gut. Dass das nicht die ganze Wahrheit war, konnte ich mir zusammenreimen, aber ich hatte zumindest das Gefühl, als hätte sich seit meiner Abreise nicht viel geändert oder noch besser, nicht viel verschlechtert. Stattdessen wollte ich meine Mutter ein wenig aufheitern und ließ sie an meinen Erlebnissen des heutigen Tages teilhaben. Sie war begeistert und als ich auflegte, war ich zufrieden, denn ich hatte das Gefühl, mir war es gelungen, auch ihren Abend ein wenig zu verschönern. Einzig ein Detail ließ ich aus – wie sehr ich die Gesellschaft von Giovanni genoss. Aber wie ich meine Mutter kannte, wusste sie das längst.

Irgendwann kam Zoe vom Strand nach Hause und hatte einen leichten Sonnenbrand am Rücken. „Hast du dich nicht eingeschmiert?“, war meine logische Frage. Doch sie verdreht nur die Augen, schnappte sich ein paar Grissini und verschwand im Bad. Etwas später kam sie mit der Flasche Après-Sun zu mir und bat mich ihr den Rücken einzuschmieren. Da fiel ihr Blick auf die Skizzen, die am Tisch lagen. „Mama, du zeichnest ja wieder“, sagte sie freudig überrascht. Sie setzte sich zu mir, betrachtete eine Skizze nach der anderen und war begeistert, was mich ehrlich freute. „Als ich noch klein war und in die Volksschule ging und teilweise auch noch in der Unterstufe, hast du mir immer wieder kleine Bilder gemalt und in meine Jausenbox gelegt.“ Sie sah mich an, lächelte dabei und ich glaubte, meinen Ohren nicht zu trauen.

„Daran kannst du dich noch erinnern?“, kam es von mir, aber es war eher eine Feststellung, als eine Frage. „In der Volksschule kam ich mit dem Kevin deswegen sogar einmal ganz schön ins Streiten. Er behauptete, auf dem Zettel wäre nur Gekritzel. Doch ich sagte ihm, dass meine Mama eine große Künstlerin sei und er nur zu blöd wäre, das zu erkennen.“ Jetzt war ich endgültig sprachlos. Das hörte ich definitiv zum ersten Mal. Nicht nur diese Geschichte, sondern auch, dass Zoe diese Skizzen so gerne mochte, dass sie mich vor ihren Mitschülern verteidigt hatte. Ich war so gerührt, dass mir ein bisschen die Tränen kamen. Daher war ich froh, dass Zoe aufstand, weil sie bemerkte, dass es Zeit wurde sich anzuziehen.

Als sie fertig vor mir stand, fragte ich sie noch, wohin sie essen gehen würden? „Ich glaube das Restaurant heißt Athmosphera, oder so ähnlich. Wir gehen dorthin, weil dort so hübsche Kellner sind“, sagte meine Tochter und fügte, nachdem sie meinen fragenden Blick richtig gedeutet hatte, noch schnell hinzu, „hat Bea gesagt.“ „Na, dann wünsche ich euch viel Vergnügen“, erwiderte ich und holte meine Brieftasche. Ich gab Zoe Geld fürs Essen und noch ein wenig dazu, damit sie sich auch auf meine Kosten in der Spielhalle austoben konnte. An diesem Abend hatte ich Glück, denn sie war so happy, dass sie sich sogar mit einer Umarmung bei mir bedankte und verabschiedete. Und dann war sie auch schon zur Tür raus. Ich musste an diese Spielhallen denken – oder eher Spielhöllen - ein Name, der mir passender erschien. Ich hatte noch nie etwas mit dieser Art von

Unterhaltung anfangen können, nicht einmal als Kind. Grelle Räume, überall blinkte etwas und es war permanent laut. „Okay, wenn man auf Reizüberflutung steht, dann ist das wahrscheinlich der geeignete Ort, um sich wohlzufühlen", dachte ich und musste über meinen eigenen Scherz lachen. Das war der Moment, wo ich beschloss zu Bett zu gehen. Es war zwar erst 20 Uhr und noch taghell, doch ich freute mich darauf, alle viere von mir zu strecken und mein Buch, eine mitreißende Liebesgeschichte, die passender Weise in Italien spielte, ein wenig weiterzulesen. Drei Kapitel und eine dreiviertel Stunde später schlief ich tief und fest und erwachte nach einer traumlosen Nacht um viertel nach vier, als mein Wecker unbarmherzig klingelte. Ironischerweise stellte ich fest, dass es beim Aufstehen dunkler war, als beim Zubettgehen. Was mich sogleich auch wieder ein wenig erheiterte und somit war ein guter, wenn auch früher Start in den Tag sicher. Außerdem dachte ich an Giovanni, spürte gleich wieder das Prickeln in meiner Magengegend und fragte mich, was er wohl vorhätte. „Na, gleich wirst du es wissen", sagte ich zu mir selbst und sprang aus dem Bett. Ich wusch mich schnell, knotete meine Haare zu einem Dutt, zog mir eine kurze Jeans sowie ein blau-weiß-gestreiftes T-Shirt an und schlüpfte in meine dunkelblauen Sneakers. Bevor ich die Wohnung verließ, schaute ich noch ins Zoes Zimmer, denn ich hatte keinen Schimmer wann, oder ob sie überhaupt nach Hause gekommen war. So fest hatte ich geschlafen. Zu meiner Erleichterung schlummerte sie tief und fest in ihrem Bett; ein Anblick, den ich zutiefst liebte und der es mir warm ums Herz werden ließ. Ich schrieb Zoe einen Zettel, denn ich hatte am Vortag ganz vergessen, ihr von dieser mysteriösen Verabredung zu erzählen. Ich teilte ihr mit, dass ich jederzeit am Handy erreichbar wäre und, dass ich den heutigen Tag gerne mit ihr verbringen würde. Denn egal, was Giovanni vorhätte, den ganzen Tag konnte und wollte ich nicht mit ihm verbringen. Dafür war mir auch die Zeit mit meiner Tochter zu wertvoll. Was meine Nachricht an Zoe betraf, wusste ich, dass sie diese frühestens in vier bis fünf Stunden lesen würde. Ich unterdrückte ein Gähnen, als mir wieder bewusst wurde, wie früh es eigentlich war, schlich mich aus der Wohnung und achtete besonders darauf die Haustüre leise zu schließen.

Als ich runter kam, stand Giovanni schon am verabredeten Platz. Er hatte eine beige Cargohose an und ein hellblaues, weites Hemd, das ziemlich lässig wirkte. Sein dunkles, etwas welliges Haar war ein bisschen verstrubbelt und auf seinem Gesicht zeichneten sich feine Bartstoppeln ab. Bei diesem Anblick machte mein Herz einen kleinen Hüpfer. Außerdem sah er, genauso wie ich wahrscheinlich, noch etwas verschlafen aus, was ihn für mich fast noch ein bisschen attraktiver machte. Neben ihm am Boden entdeckte ich einen Korb. Er schenkte mir ein breiten Grinsen, als ich auf ihn zuging und sagte mit einer rauen Stimme: „Buongiorno, Julietta." „Buongiorno, Giovanni", gab ich zurück und fragte gleich neugierig: „Gehen wir Picknicken?", und deutete auf den Korb. „Viel besser", gab er zur Antwort und forderte mich auf, ihm zu folgen. Wir gingen nur ein Stück in Richtung

Strandpromenade, bogen links in den Steg zum Faro Rosso ein und da bemerkte ich erst die vielen Menschen. „Was tun die bloß alle um diese Zeit schon auf?“, fragte ich erstaunt. „Das wirst du gleich sehen“, sagte Giovanni noch immer ziemlich geheimnisvoll. Ich folgte ihm den Steg entlang und beobachtete die Szenerie erstaunt. Ich sah Menschen allen Alters entlang des Stegs am Geländer lehnen, ihren Blick in Richtung Strand und Faro Vecchio oder, wie ich ihn in der Zwischenzeit nannte, Faro Austriaco, gerichtet. Weitere Menschen saßen im Sand und gruppierten sich rund um etwas, was ich erst zuletzt wahrnahm, weil ich so konzentriert auf diese Menschenmenge war: ein Orchester. Auf einer Holzplattform mitten am Strand waren so um die fünfzehn Musiker mit Ihren Streichinstrumenten in Händen – teilweise auf blauen Stühlen sitzend. Sie waren alle schwarz gekleidet und vor ihnen stand – ihnen zugewandt – eine weitere Person vor einem Notenständer. Offensichtlich der Dirigent. Wie belämmert kam es aus meinem Mund: „Da sind ja Musiker.“ Giovanni lächelte nur, nahm mich an der Hand und schleifte mich mehr oder weniger durch den Sand zu einem Platz, der quasi erste Reihe fußfrei war. Dort lag schon eine große Decke für uns bereit auf der wir uns niederließen. Als wir saßen, hatte ich noch immer nicht meine Sprache wiedergefunden, zum Glück erzählte mir mein Begleiter endlich, was das hier sollte. „Jeden Freitag zu Sonnenaufgang, also um fünf Uhr, findet hier am Strand beim Faro Rosso ein Konzert statt. Die Musiker, die du siehst, sind die Accademia d`Archi Arrigoni aus San Vito al Tagliamento, das ist in der

Nähe von Pordenone." Ich war ganz angetan von der Situation, starrte auf das Orchester, sah im Hintergrund sowohl den Faro Vecchio, als auch den Faro Rosso, die aufgehende Sonne, hörte leises Gemurmel der Menschen um mich herum sowie das Meer rauschen. Mir schien, als würde ich träumen. Als ich das Giovanni sagte, lachte er herzlich, drückte mich kurz an sich und erwiderte nur: „Julietta, du bist wundervoll!"

Plötzlich veränderte sich die Stimmung um mich herum, es wurde noch ein bisschen ruhiger und das Konzert begann. Mit voller Kraft ertönten die Geigen und Kontrabässe und das Geräusch des rauschenden Meeres geriet in den Hintergrund. Den Auftakt machte ein Stück, das ich sogar kannte. Wenn ich mich nicht täuschte war es aus Vivaldis „Vier Jahreszeiten" und ich lauschte verzückt diesen Klängen. Nie hätte ich mir gedacht, dass mich ein klassisches Konzert so begeistern könnte, ich war wie gebannt. In den Pausen zwischen den Stücken hörte man nur das Meer rauschen. Was faszinierend war, denn keiner der vielen Menschen traute sich auch nur einen Mucks zu machen. Oder aber, sie konnten so wie ich gar nicht anders, aus Angst, mit der kleinsten Regung diese großartige Atmosphäre zu zerstören. Während die Musiker ihr Bestes gaben – später erfuhr ich, dass auch Bach gespielt wurde - ging im Hintergrund ganz sanft die Sonne auf und beleuchtete den Faro Rosso, den Strand, den Hafen und alles, was sonst noch in meinem Blickfeld war, mit dieser wunderbaren Morgenröte.

Als die Musik endete, konnte ich nicht sagen, wie lange wir hier gesessen hatten, doch der Blick auf die Uhr verriet es mir. Es waren zwei Stunden, denn es war kurz nach sieben Uhr. Die Musik, das Setting, mein Begleiter, all das ließ mich eintauchen in so eine eigene Welt, dass ich in diesem Moment nicht glaubte, jemals so etwas Schönes erlebt zu haben. Ich war derart ergriffen, dass ich während des Konzerts irgendwann Giovannis Hand nahm und diese hielt, bis die Musik endete und wieder Bewegung in die Menschmenge kam. Verlegen löste ich meine Hand aus der seinen, ich sah ihn an und es war offensichtlich, dass es ihm ähnlich ging wie mir. Giovanni fand als erster wieder seine Worte und sagte: „Ich nehme an, du hast Hunger?“ Erst jetzt fiel mir wieder der Korb ein, der neben uns stand, ich nickte und sagte: „Wie ein Bär!“ Es gab frische Panini, Mortadella, Scamorza, den typisch italienischen Käse, der mich immer an die Barbapapas erinnerte, und Oliven. Sogar an Café hatte Giovanni gedacht, den er uns aus einer Thermoskanne in zwei Alubecher füllte. Es war der krönende Abschluss eines perfekten Morgens und das Frühstück war köstlich.

Erst als die ersten Badegäste kamen, die uns verständlicher Weise etwas seltsam betrachteten, packten wir unsere Sachen zusammen und machten uns auf den Weg zurück zur Strandpromenade. Wir waren definitiv die letzten „Konzertbesucher“ und ich traue mich sogar zu behaupten, die begeistertsten. Als wir uns verabschiedeten, fiel ich Giovanni aus lauter Emotion spontan um den Hals. Einen Moment lang war er steif wie ein Stock, so überrascht war er über meinen Gefühlsausbruch. Doch das dauerte nur Sekunden und schon erwiderte er meine Umarmung. Als ich mich von ihm löste, sagte ich nur: „Grazie mille, Giovanni. Das werde ich mein Leben lang nicht vergessen.“ Seine Antwort war ein Hauch von Kuss auf meine Wange, er drehte sich um und verschwand in der Menschenmenge des Lungomare Marin.

Kapitel 19

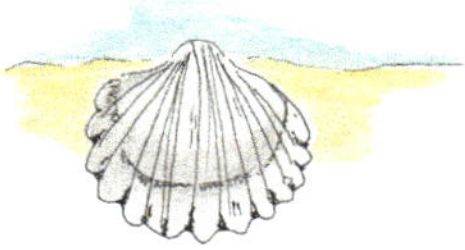

Zoe stand um kurz nach halb zehn auf und fand mich lesend auf der Terrasse. Sie sah entzückend aus in ihrem Shorty, in dem ihre langen, in der Zwischenzeit braunen Beine noch länger wirkten und ihrem zerzausten Haar, das durch die Sonne noch eine Nuance heller geworden war. „Morgen“, nuschelte sie, gähnte und steckte sich dabei. „Gibt es heute kein Frühstück?“, war das Nächste, was aus ihrem Mund kam. Ich schmunzelte und gab ihr zur Antwort, dass alles, was im Kühlschrank lag, zu ihrer Verfügung stünde. Außerdem frische Panini, denn Giovanni hatte mir die restlichen mitgegeben, mit dem Auftrag, sie unbedingt Zoe zu überlassen. Tatsächlich waren seine Worte: „Per la principessa.“ Und ich hatte wieder dieses warme Gefühl in mir, als ich daran dachte und musste lächeln. Meine Tochter gesellte sich mit einem wild zusammengewürfelten Potpourri aus unserem Kühlschrank plus Panini, plus einem großen Glas Orangensaft zu mir und sagte ganz entspannt: „Ah, ist dieser Giovanni nun auch unser Panini-Lieferant?“ Ich lachte ein wenig verlegen, hoffte, dass es Zoe nicht merkte und erzählte ihr von heute Morgen. Zweimal fragte sie nach, um wieviel Uhr ich aufgestanden wäre und konnte es dann noch immer nicht glauben. Was das Konzert betraf, war sie wohl von der Idee angetan, jedoch für diese Musikrichtung brächten sie keine zehn Pferde aus dem Bett, wie sie meinte. Und ich glaubte es ihr aufs Wort. „Allerdings, wenn Ariane Grande so etwas machen würde, dann wäre ich dabei", sagte sie schmatzend, grinsend und fügte ganz cool an, „wahrscheinlich würde ich erst gar nicht schlafen gehen, sondern durchmachen." Ich wechselte das Thema und fragte Zoe nach ihrem Abend. Der war die Wucht gewesen. „Zuerst haben wir in diesem nicen Restaurant zu Abend gegessen. Bea und ich haben uns eine Pizza geteilt, die war delisch. Einzig die Kellner waren ein bisschen anstrengend, weil sie die ganze Zeit um uns herumgeschwanzelt sind und nach unserer Telefonnummer gefragt haben." Ich musste grinsen und an meine eigene Jugend in Lignano denken. Manche Dinge ändern sich halt nie. „Dann haben wir uns mit der restlichen Gruppe getroffen und sind in diese Spielhalle gegangen", erzählte Zoe weiter, stockte plötzlich, sprang auf, kam mit zwei Plüschtieren in der Hand wieder und sagte triumphierend: „Ich bin die Meisterin dieser Geräte mit dem Greifarm." Anerkennend gratuliere ich ihr zu ihrem Fang und verkniff es mir zu sagen, dass sie wahrscheinlich einfach Glück gehabt hatte und genau in dem Moment, wo sie am Gerät stand, das Zufallsprinzip wieder einen Gewinn zuließ. Sie zählte mir noch einige Computerspiele auf, die sie ausprobiert hatten, mal erfolgreicher, mal nicht so toll und endete mit dem Satz: „Es war wirklich ein urcooler Abend."

Wir beschlossen den Tag gemütlich anzugehen, zogen uns unsere Strandmode an und wanderten zu unserem Strandplatz. Da es schon gegen Mittag war, war das

Tschecherl von Damiano schon getreten voll und der Wirt rannte von einem Eck zum anderen ohne unfreundlich zu wirken. Er bemerkte nicht, dass wir vorbeihuschten, was mir gar nicht unrecht war. Wir machten es uns auf unseren Liegen gemütlich, ich im Schatten, Zoe in der Sonne. Ich las noch ein Kapitel meines Buches, wollte nur kurz die Augen schließen, schlief aber sofort ein. Die frühe Tagwache forderte ihren Tribut. Ich wurde von einem Geräusch geweckt. Schon wieder! Diesmal war es ein Flugzeug und noch im Halbschlaf fielen mir die Flugzeuge meiner Kindheit hier in Lignano ein. Sie waren klein, laut und zogen ein Banner hinter sich her, auf dem irgendeine Werbung stand. Viele Jahre später las ich einmal auf einer Homepage, dass diese Art der Werbung dem Betrachter ein Gefühl von Freiheit, Sonne und Urlaub suggerieren würde. Und ich dachte mir schon damals, dass man für jede Idee nur die richtige Motivation finden müsste. Ein Freund von mir, der ebenfalls als Kind immer in Lignano Urlaub gemacht hatte, ein paar Jahre älter als ich, hat mir irgendwann seine eigene, etwas andere Erinnerung an diese Flugzeuge erzählt. Eine Käsefirma hatte in den 1970er-Jahren die besondere Idee, von Flugzeugen aus kleine Fallschirmchen ins Meer abzuwerfen. An diesen hingen nummerierte Würfel – die konnte man in ausgewählten Geschäften in der Einkaufsstraße gegen Produkte der Firma eintauschen. „Was war das genau?“, wollte ich damals von ihm wissen. Ganz genau konnte er sich nicht mehr erinnern, doch er glaubte, es wären essbare Produkte gewesen, aber auch Wasserbälle und Ähnliches. Das aber wusste er noch ganz genau: „Schon wenn von weitem diese Flugzeuge zu hören waren, sind alle Menschen am Strand sofort zum oder ins Wasser geeilt. Und dann haben sie sich auf diese Würfel geschmissen, als gäbe es kein morgen." Ich konnte mir die Situation lebhaft vorstellen und war hin- und hergerissen im Bedauern, dass es das heute nicht mehr gab. Zu gerne hätte ich diese Massenbewegung miterlebt! Andererseits war ich dann doch wieder froh, nicht sehen zu müssen, wie die Menschen am Strand, aufgeschreckt durch ein einziges Geräusch, wie von der Tarantel gestochen Richtung Meer liefen und sich dort wahrscheinlich wie die Geier benahmen.

Als ich endgültig meine Augen öffnete, entdeckte ich zwar den Lärmmacher, also das Flugzeug, aber kein Banner und schon gar keine Würfel, die vom Himmel fielen. Ich gähnte, streckte mich und setzte mich langsam auf. Zoe war in der Zwischenzeit auch in den Schatten gerückt, lag am Bauch und schien zu schlafen. In dem Moment entdeckte ich Bea, die auf uns zusteuerte. Sie winkte mir schon von weitem und strahlte mir entgegen. „Was für eine Wohltat", dachte ich mir und war froh, dass ich anscheinend nur bei einer Jugendlichen den Drang hervorrief nahezu immer finster zu schauen. Bei uns angekommen, nahm sie neben mir am Liegestuhl Platz und wir unterhielten uns ein bisschen. „Könnt ihr nicht ein bisschen leiser reden?", hörten wir plötzlich eine verschlafene und leicht säuerliche Stimme hinter uns. Ja, Zoe war wieder munter und ich war begeistert. Doch ich hatte Unterstützung von Bea, und die war auch nicht auf den Mund gefallen: „Nein, du Stinkstiefel. Wenn du schläfst, unterhalte ich mich gerne mit deiner Mutter." Zoe brummte noch irgendwas, was wir allerdings nicht verstanden und gesellte sich ein paar Minuten später zu uns. Wir unterhielten uns über dies und das und irgendwann fragte Bea: „Zoe, was hältst du davon, wenn wir heute in den Lunapark gehen?" Kurze Stille, dann an mich gewandt: „Natürlich nur, wenn sie darf." Ich wusste momentan nicht, was ich sagen sollte, denn meine Tochter und ich hatten ausgemacht, dass dieser Tag uns gehörte. Ich wartete ab, wie Zoe reagieren würde und war positiv überrascht: „Heute geht's leider nicht. Wir haben sowas wie einen Mama-Zoe-Tag", sagt sie zu Bea und zuckt entschuldigend mit ihren Schultern. Doch so konnte ich das auch nicht stehen lassen und machte folgenden Vorschlag: „Was haltet ihr davon, wenn wir drei einen Zoe-Bea-Julia-Lunapark-Abend machen? Zoe und ich holen dich nach dem Abendessen ab und wir drei machen es uns lustig." Die Mädels waren begeistert und ich durch und durch zufrieden mit meiner Entscheidung. Denn insgeheim hatte ich mir schon Sorgen gemacht, dass Zoe den Lunapark ätzend finden würde, weil ich bei den meisten Geräten nicht im Traum daran denken würde sie zu betreten, geschweige denn mit ihnen zu fahren. Und so war es eine Win-Win-Situation für alle.

Ich lud die Mädels noch auf ein Eis ein, denn genau in dem Moment trötete wieder der mobile Eiswagen am Strand entlang. Und nachdem Bea gegangen war, ließen Zoe und ich noch die Seele baumeln, bis es Zeit war, ins Apartment zurückzugehen.

Kapitel 20

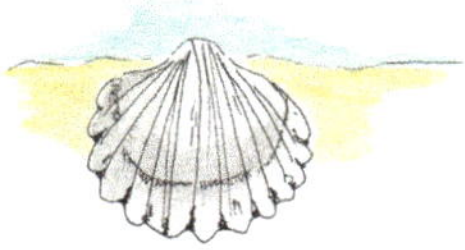

Zoe und ich beschlossen, heute richtig toll essen zu gehen. Keine Pizza, keine kalte Platte, heute sollte geschlemmt werden. Und ich hatte wieder einmal ordentlich Hunger, denn seit dem Picknick am Strand und dem Eis hatte ich nichts mehr gegessen. Ich erinnerte mich an ein gutes Restaurant gleich in der Nähe vom Porto Vecchio und schlug vor, dort hinzusteuern. Meine Tochter war einverstanden. Wir hübschten uns also auf. Zuerst wollten wir beide ein Kleid anziehen, haben dann aber sofort umgeschwenkt, weil wir uns daran erinnerten, dass wir danach noch in den Lunapark wollten. Also wurde es wieder einmal der Klassiker: Short, T-Shirt und Sneakers.

Als wir beim Ristorante meiner Erinnerung ankamen, direkt am Eck Viale Italia und Via Latisana war meine Enttäuschung groß. Denn anstelle eines Lokals stand dort ein mehrstöckiges Haus, wahrscheinlich Apartments, und nichts erinnerte mehr daran, dass man dort einmal sehr gut essen konnte. Einzig an der Stelle, an der ich den Abgang ins Restaurant vermutete, denn dieses war seinerzeit ein wenig nach unten versetzt, sah man Fotos, alte Ansichten mit der Notiz „Albergo alla Pineta“. Keine Ahnung was das sollte, denn dieses Albergo sah nicht so aus, als wäre es ursprünglich hier gestanden. Es sah alles so fremd aus. Ich ging noch ein bisschen näher ran. Oder täuschte ich mich? „Am besten frage ich Giovanni", dachte ich mir, wobei mir auffiel, dass ich seit unserem gemeinsamen Frühstück am Strand nichts mehr von ihm gehört hatte. Seltsam. „Was er wohl gerade macht?", fragte ich mich und wurde sogleich von Zoe forsch aus meinen Gedanken gerissen. „Mama, suchen wir uns bitte schnell was Anderes. Ich habe schon so einen Hunger." Ertappt wand ich mich ihr zu und sagte holprig: „Ja, hast eh recht." Tripadvisor und meiner Tochter sei Dank – wir fanden ein entzückendes Restaurant mit Meerblick und einem Kellner, der uns mehr als bevorzugt bediente. „Ich habe es halt auch noch drauf", dachte ich mir mit einer Portion Selbstbewusstsein und freute mich über die Aufmerksamkeit. Zoe und ich aßen wie Gott in Frankreich. Als Vorspeise einen Meeresfrüchtecocktail sowie Miesmuscheln in Weinsauce, die wir uns teilten. Und als Hauptspeise eine Fischplatte mit weißer Polenta. Die Platte roch nicht nur köstlich, sondern war auch ein Augenschmaus. Ich entdeckte darauf Rotbarsch, Calamari, Scampi sowie ein paar Venusmuscheln und zwei Jakobsmuscheln. Als wir fertig waren, hatten wir beide das Gefühl jeden Moment zu platzen. Doch ein Dessert musste diesmal her und wir entschieden uns für ein erfrischendes Sorbetto al limone, ein Zitronensorbet. Als wir die Rechnung bekamen, wollte uns der Kellner noch zu einen Limoncello verführen, was wir dankend ablehnten. Dafür machte er bereitwillig ein Foto von uns beiden und wir strahlten - ob seiner kabarettistischen Einlagen - beide in die Kamera. Danach waren wir froh darüber, dass wir zu unserem Auto ein Stück gehen mussten, den dieses stand ja noch in der Tiefgarage beim Apartment.

Wie ausgemacht holten wir um 22 Uhr Bea ab, um gemeinsam in den Lunapark zu fahren. Jetzt war ich umso froher sie dabei zu haben, denn ich befürchtete, selbst wenn ich mit einem Kinderkarussell fahren sollte, würde ich Meeresfrüchte, Fisch & Co. rückwärts essen. Und das wollte ich auf jeden Fall vermeiden. Doch so drohte mir keine Gefahr. Dachte ich zumindest. Die Mädels tobten sich im Vergnügungspark so richtig aus. Sie fuhren mit den wildesten Sachen, wo sich bei mir schon beim Zusehen der Magen verdrehte. Nach einer Zeit wurden sie allerdings ungeduldig und drängten mich immer mehr auch mit ihnen was zu machen. „Immerhin heißt es ja Zoe-Bea-Julia-Lunapark-Abend“, sagten beide im Chor, mit Betonung auf Julia. „Wie wäre es mit Entenziehen“, frage ich vorsichtig. Doch dafür erntete ich nur ein Schnauben. „Dann Autodrom.“ Damit waren sie einverstanden und ich musste feststellen, dass das richtig Spaß machte. So sehr, dass wir noch eine weitere Runde dranhängten und uns gegenseitig mit den Autos stießen und schubsten, bis wir vor Lachen nicht mehr konnten. Durch diesen Adrenalinschub wurde ich übermütig und schlug vor, mit dem Kettenkarussell zu fahren. „Wie in meiner Jugend am Kirtag“, sagte ich und zwinkerte die beiden an. Zoe und Bea verdrehten zwar die Augen, wussten aber genau, dass das das Äußerste war, wozu ich mich bewegen lassen würde. Also lösten wir drei Tickets und stiegen ins Kettenkarussell. Ein Fehler! Wie konnte ich nur glauben, dieses Gerät wäre was für mich? Ich saß also da in diesem Körbchensessel, mein Magen meldete sich ab der ersten Runde auf eine unangenehme Art und Weise und ich war eine gefühlte halbe Stunde in dem Karussell gefangen. Wahrscheinlich waren es nicht einmal zwei Minuten. Wie auch immer – als ich wieder Boden unter meinen Füßen hatte, glaubte ich einerseits, die Erde würde sich bewegen und andererseits, mein Magen würde sich nie mehr wieder beruhigen. Offenbar war mir das auch ins Gesicht geschrieben, denn Zoe und Bea sahen mich besorgt an und fragten, ob sie irgendwas für mich tun könnten. Doch nein, da gab es nichts. Und ich wollte kein kompletter Spielverderber sein. Daher schlug ich vor: „Wisst ihr was? Ich setze mich auf diese Bank hier und ihr zieht noch ein wenig los und macht, was ihr wollt." „Sicher, Mama?" Zoes besorgte Stimme rührte mich, doch ich konnte den Moment nicht zu hundert Prozent auskosten. Ich gab ihnen ein wenig Geld, versicherte, dass es mir gleich wieder bessergehen würde und die beiden verschwanden in der Menge.

So saß ich da, versuchte nicht an meinen verärgerten Magen zu denken und begab mich stattdessen wieder auf eine Reise in meine Vergangenheit, um mich ein wenig abzulenken. Ich dachte an die unzähligen Male, die ich mit meiner besten Freundin hier im Lunapark gewesen war. Das war ein Fixpunkt bei jedem Lignano-Urlaub. Wir, im Lunapark, umzingelt von jungen Italienern. Was hatten wir Spaß! „War der Park eigentlich immer hier?", fragte ich mich selbst. Denn ich konnte mich nicht mehr erinnern, wie wir jedes Mal hierhergekommen waren. Zu Fuß wäre es viel zu weit gewesen.

„Das muss ich beim nächsten Telefonat meine Mutter fragen“, dachte ich mir noch, bevor eine weitere Welle Übelkeit über mich schwappte. Zoe und Bea kamen nach einer halben Stunde verschwitzt und gut gelaunt wieder. Sie hatten alles gesehen, was sie sehen wollten und alles gemacht, was geplant gewesen war. Denn, wie ich nun erfuhr, hatten die Mädels schon ein paar Tage davor eine Liste erstellt, womit sie unbedingt fahren wollten. Nachdem die To-do-Liste abgehakt war, war es für uns alle in Ordnung – vor allem aber für mich - wieder zurückzufahren. Wir luden Bea noch beim Apartment ihrer Eltern ab und fuhren zu unserem eigenen. Es war schon kurz nach Mitternacht und nicht nur ich, sondern auch Zoe war müde. Als wir uns eine gute Nacht wünschten, erkundigte sich Zoe noch einmal, ob es mir wohl wirklich gut ginge und sagte: „Das war ein voll cooler Abend, Mama. Danke für alles und danke, dass du mit warst.“ Ich gab Zoe dasselbe zurück und bestätigte, dass es mir gut ginge. Das war zwar nur die halbe Wahrheit, doch was konnte mir eine Magenverstimmung bei solch selten gesagten Worten meiner Tochter anhaben?

Kapitel 21

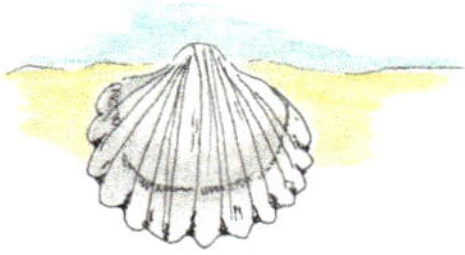

Als ich am Samstagmorgen meine Augen aufschlug, hörte ich die vertrauten Geräusche des Südens. Möwen, das Rauschen der Wellen und ganz leises Stimmengewirr. Was aber noch viel besser war – es roch nach Süden. Schon als Kind fand ich, dass es im Urlaub in Lignano anders roch als zu Hause. Was mir natürlich wieder das Gespött meiner Schwester einbrachte. Doch genau in diesem Moment fühlte ich mich bestätigt: Es roch himmlisch in Italien, nach Sonne, Strand, Meer und Pinien. Als mein Blick auf die Uhr auf meinem Handy fiel, traute ich meinen Augen nicht. Es war bereits kurz nach neun Uhr. So lange hatte ich seit Ewigkeiten nicht mehr geschlafen. Doch kein Wunder. Als ich mich am Vorabend ins Bett gelegt hatte, glaubte ich noch immer im Kettenkarussell zu sitzen. Mein Magen rebellierte nach wie vor und zusätzlich drehte sich alles um mich herum. Ich versuchte den alten Trick, ein Bein aus dem Bett zu hängen. Meine Garantie in der Studienzeit, dass ich nach einer durchzechten Nacht wenigstens die Chance hatte etwas Schlaf zu bekommen, bevor es wieder auf die Uni ging. Und siehe da, es funktionierte auch heute noch und sogar ohne zu viel Alkohol konsumiert zu haben – das Schwindelgefühl legte sich. Dieser Teilerfolg machte mich glücklich. Nun musste ich mich nur noch von diesem flauen Gefühl im Magen ablenken.

„Denk an was Schönes", sagte ich zu mir selbst. Ein Fehler! Denn der erste Gedanke, der mir kam, war der Morgen am Faro Rosso mit Giovanni. Ich hatte diesen perfekten Moment vor Augen, fühlte seine Nähe, dachte an die Umarmung und an diesen Hauch von Kuss, denn er mir zuletzt gab. „War ich zu weit gegangen?", fragte ich mich, denn er hatte sich den ganzen Tag kein einziges Mal bei mir gemeldet. Und schon war mein Kopf, mein Körper, alles an mir in Alarmbereitschaft. Warum hatte er sich den ganzen Tag nicht gemeldet? Und so kam ich vom Regen, unter Umgehung der Traufe, direkt in die gedankliche Scheiße. Es dauerte eine gefühlte Ewigkeit, bis sich alles in meinem karussellfahrenden, hormongeschwängerten, aufgewühlten Körper beruhigte und ich endlich in einen tiefen, traumlosen Schlaf glitt.

Zoe kroch kurz nach mir aus ihrem Zimmer und wir deckten den Tisch auf der Terrasse mit allen Köstlichkeiten, die wir im Kühlschrank fanden. Uns war beiden bewusst, dass unser Urlaub im Endspurt war, doch konkret sprach dieses Thema keine von uns beiden an. Generell vermied ich es, morgens zu viel mit Zoe zu sprechen, denn meine Tochter war kurz nach dem Wachwerden keine Stimmungskanone. Unsere Konversation belief sich auf: „Willst du auch einen Kaffee?", und, „das Brot getoastet oder nicht?" So frühstückte jede vor sich hin. Ich, glücklich wieder Appetit zu haben, der beste Beweis, dass sich mein Magen endgültig beruhigt hatte und Zoe, wie immer mit ihrem undurchdringlichen Blick, den ich nicht deuten konnte. Bis sie die Stille durchbrach. „Mama, heute ist ja Samstag". Sie machte eine Pause und sah mich an, als wollte sie eine Bestätigung, dass sie den Wochentag richtig erraten hatte. Doch ich sagte gar nichts und wartete auf das, was nun kommen würde. Ich hätte, wer weiß was, verwettet, dass sie für irgendwas von mir eine Erlaubnis wollte. Denn diese Art, ein bisschen um den heißen Brei herumzureden, Sätze in die Länge zu dehnen, gepaart mit einem süßen Lächeln und einer unerwarteten Freundlichkeit, waren der beste Beweis dafür. Und schon süßelte sie weiter. „Am Samstag ist am Beach ein Konzert und Bea hat dafür zwei Karten." Ich staunte nicht schlecht, denn ich wusste gar nicht, dass am Strand von Lignano Konzerte stattfanden und fragte daher ehrlich interessiert: „Aha, wo ist das genau und wer tritt auf?" Da ich nicht sofort ablehnend reagierte, wurde Zoe komplett aufgeregt, als hätte sie plötzlich eine Koffeininjektion bekommen, öffnete auf ihrem Smartphone Google-Maps und zeigte mir die Location. Und tatsächlich: zwischen Strandbüro sechs und sieben war die „Beach Arena Sabbiadoro" eingezeichnet. „Da finden im Sommer immer wieder Konzerte statt und heute treten da ‚The Offspring' auf." Irgendwas in meiner Erinnerung sagte mir, dass ich diese Band kannte, wusste aber nicht, wohin damit. Wahrscheinlich sah ich Zoe in dem Moment auch genauso nachdenklich an, was sie wiederum dazu veranlasste, sofort weiter auf ihrem Smartphone herumzutippen, YouTube öffnete und kurz darauf hörte ich den Song: Give it to me, baby ... aha aha ... give to me, baby ... aha aha ... And all the girlies say, I'm pretty fly for a white guy. Danach ziemlich coole E-Gitarren-Töne und wir beide wippten eine Zeitlang im

Takt mit unseren Köpfen zu den Klängen. Meine Erinnerung war wiederhergestellt, Punk-Rock aus den USA. „Cool", brachte ich heraus und dann: „Das wäre auch was für mich." Der Blick, der sich nach meinen Worten auf Zoes Gesicht abzeichnete, war für Götter, und ich bekam einen Lachanfall in den meine Tochter bald einstimmte. „Ich wusste gar nicht, dass dir diese Musik gefällt", sagte ich, nachdem ich mich ein wenig beruhigt hatte und wischte mir dabei die Tränen aus den Augenwinkeln. „Naja, zu Hause würde ich wahrscheinlich auf kein Konzert von denen gehen. Aber hier ist es was Anderes. Außerdem: Es ist ein Konzert am Beach. Wie cool ist das denn?" Dem konnte ich wirklich nichts entgegensetzen. Außerdem wusste ich ganz genau, dass meine Freundin und ich in unserer Jugend auch alles dafür getan hätten, ein Konzert am Strand erleben zu dürfen. Doch so leicht wollte ich es meiner Tochter nicht machen. „Da würde ich aber gerne zuvor mit Beas Eltern sprechen." Ich bereitete mich auf einen Stimmungsumschwung meiner Tochter vor, doch sie überraschte mich und sagte ganz verständnisvoll: „Okay, Mama. Ich spreche mit Bea und ihr könnt euch dann ja am Strand treffen." Herrlich, wie diplomatisch sie sein konnte, wenn sie etwas wirklich wollte. Damit beendeten wir unser Frühstück, räumten auf, machten uns für den Strand fertig und verließen das Apartment.

Kapitel 22

Als wir den Lungomare Marin entlanggingen, kam mir alles herum auf eine sehr angenehme Weise vertraut vor. Ich spürte einen leichten Druck auf meiner Brust, wenn ich daran dachte, dass wir in wenigen Tagen wieder in unserer Wohnung in Graz sein würden. Der Alltag würde uns wieder einholen und die Leichtigkeit würde hier im Süden bleiben. Und Giovanni? Weder hatte er sich gemeldet, noch wusste ich, ob ich ihn überhaupt noch einmal sehen würde. Doch mit diesen Gedanken wollte ich mir nicht den Tag verderben, daher schob ich sie grob beiseite. Wieder einmal blieben Zoe und ich auf Höhe Doggy Beach stehen und versuchten ein paar Blicke auf die verschiedensten Hunde zu ergattern. „Ich hätte auch so gerne einen Hund", hörte ich dann Zoe zum x-ten Mal sagen. Und nachdem ich nur mit einem lauten Seufzer reagierte, weil sie meine Antwort ohnehin schon in- und auswendig kannte, versuchte sie es auf eine andere Tour. „Ich weiß ja, dass ein Hund zurzeit nicht möglich ist. Aber ich habe mit Bea total viel über Katzen geredet und auch im Internet darüber gelesen. Wenn wir zwei nehmen, dann ist es egal, wenn sie immer wieder alleine zu Hause sind. Und die restliche Zeit kümmere ich mich um sie." Zoe sah mich mit ihren großen blauen Augen so eindringlich an, dass ich kurz meine Prinzipien vergaß. Und als dann noch ein flehendes

„Bieeetttteeee“ nachkam, gab ich mich – zumindest für den Moment – geschlagen und hörte mich selbst sagen: „Na, gut. Lass uns irgendwann in Ruhe darüber reden und das Für und Wider abwägen.“ Meine Tochter war begeistert und ich hoffte nur, dass ich gerade nicht einen großen Fehler gemacht hatte.

Beim Ufficio tre angelangt wartete schon das Begrüßungskomitee mit seinem freundlichen „Ciao Belle“ von dem Typen mit der roten Badehose und dem weißen T-Shirt, dessen Namen wir noch immer nicht herausgefunden hatten, und einem freudigen „Ciao!“ von Damiano, der wie immer verschwitzt und hektisch mit einem Tablett in der Hand von einem Tisch zum nächsten hetzte. „Ich kann mir gut vorstellen, dass dieser Mann in eine Depression verfällt, sobald die Saison zu Ende ist, weil er dann nichts mehr zu tun hat“, sagte ich an Zoe gewandt. Doch diese schaut mich an, als hätte ich etwas ganz Dummes gesagt und erwiderte: „Eher nicht. Ich glaube, der wird dann die ganze Zeit schlafen.“ „Auch eine Möglichkeit“, sage ich darauf und wir erreichen unseren Platz am Strand. Zoe hatte mit Bea ausgemacht, dass wir uns alle um 13 Uhr auf der Terrazza a Mare treffen würden und die Zeit bis dahin verbrachten wir mit Lesen und Musikhören. Ich war schon neugierig auf die Eltern dieses aufgeschlossenen Mädchens und ging einfach davon aus, dass sie ebenso waren. Und ich lag richtig damit. Der Vater von Bea war ein sympathischer, lustiger und übergewichtiger Mann in meinem Alter und ihre Mutter, wie sich später herausstellte ihre Stiefmutter, eine sehr ruhige, angenehme

Frau. Als Zoe und ich auf die Terrasse kamen, waren sie schon da, saßen um einen Tisch mit zwei weiteren Stühlen und begrüßten uns herzlich. Vor den beiden standen zwei große Gläser Aperol Spritz und ich tat es ihnen mit meiner Bestellung nach. Bea und ihr Vater erklärten mir, dass sie die Konzertkarten schon vor langer Zeit besorgt hatten, in der Annahme, eine Freundin von Bea würde mit nach Lignano fahren. Doch leider wurde daraus nichts und daher wäre es eine Freude für sie, wenn Zoe mitkommen dürfte. Die beiden Mädels saßen da wie Klosterschülerinnen und zeigten sich von ihrer vorbildlichsten Seite. Kein Wunder. Der Vater von Bea bestätigte auch, dass, sollte es Probleme geben, für Bea so richtig die Kacke am Dampfen wäre. Der genaue Wortlaut war: „Dann bekommt sie a Watschn, dass ihr noch vierzehn Tage die Ohren wackeln." Ich kam aus dem Lachen nicht mehr heraus, gab mich geschlagen und erklärte mich einverstanden. Unsere zwei Kinder waren begeistert und wir feierten den Abschluss unserer Abmachung mit einer weiteren Runde Aperol Spritz. Als wir auseinandergingen, war nicht nur Zoe zufrieden, sondern auch ich. Mit den Hubers, so hießen Beas Eltern, hatte ich wirklich zwei nette Menschen kennengelernt. Außerdem freute es mich sehr, dass meine Tochter eine so wertvolle Freundschaft geschlossen hatte. All diese schönen Gefühle plus Aperol Spritz in meinem Blut, ließen mich das vermeintlich Negative vergessen – unsere baldige Abreise, den Zustand meines Vaters und Giovanni, der sich in Luft aufgelöst zu haben schien.

Kapitel 23

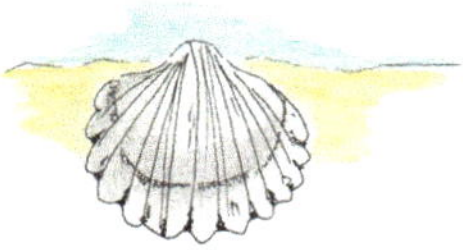

Zurück auf unserem Platz wollte ich es mir gerade gemütlich machen, als mich Zoe anstupste. „Was“, fragte ich sie leicht gereizt. „Hörst du das denn nicht?“, gab sie zur Antwort. Ich sah sie fragend an und im nächsten Moment wusste ich, was sie meinte, denn die Durchsage war klar und deutlich zu hören. „Julietta soll zum Strandbüro drei kommen. Der kleine Giovanni, bekleidet mit einer blauen Badehose, wartet auf sie.“ Im selben Augenblick, als ich das hörte, stieg mir die Röte ins Gesicht. Ich wünschte mir, ein Loch würde sich auftun und ich könnte im Sand versinken. Das Ganze wurde verstärkt von meiner Tochter, die über das ganze Gesicht verschmitzt grinste. „Wusstest du davon“, fragte ich sie, nach Luft ringend. „Nein“, antwortete sie, den Tränen nahe und betonte, „ich schwöre.“ Dabei legte sie die linke Hand auf ihre Brust und streckte die Rechte mit zwei Fingern erhoben in die Luft. Ihr ganzer Körper bebte in der Zwischenzeit. Gut, das war geklärt. „Vielleicht bin ja gar nicht ich gemeint“, war meine nächste – zugegebenermaßen etwas naive – Hoffnung. Nun verdrehte Zoe ihre Augen, sah sichtlich genervt aus und sagte mit einem Unterton, der vor Sarkasmus triefte: „Ganz sicher, Mama. Bleib einfach liegen, dann kommt die Durchsage halt noch einmal und ich habe wieder was zu lachen.“ Ruckartig erhob ich mich aus meinem

Liegestuhl, schnappte mir meine Tunika, schlüpfte in meine Flip-Flops und machte mich auf den Weg ins Ufficio tre. Und dort lehnte er lässig, der kleine Giovanni, allerdings in Short und Poloshirt gekleidet, sah unbeschreiblich gut aus und grinste mich unverschämt an. Am liebsten wäre ich ihm an die Gurgel gehüpft – oder um den Hals gefallen. Meine Gefühle waren etwas widersprüchlich, was das anbelangte. Doch hauptsächlich meldete sich mein Stolz zu Wort und so beschloss ich, ihn böse anzufunkeln und einfach an ihm vorbeizugehen. In diesem Moment hielt er mich am Oberarm fest, worauf es mich durchfuhr wie bei einem Stromschlag. Er sah mir tief in die Augen und sagte: „Signora, ich habe auf dich gewartet." Ich, noch immer säuerlich, antwortete: „Entschuldigen Sie, Signore, ich suche den kleinen Giovanni mit einer blauen Badehose. Doch dieser ist nicht zu sehen." Er begann zu lachen und in diesem Moment konnte ich nicht mehr und gab mich geschlagen. Auch ich musste lachen. Giovanni erklärte mir, dass er mich gesucht und an meinem Platz am Strand nicht gefunden hätte. „Was hätte ich denn tun sollen?", fragte er mich wie ein Unschuldslamm und zuckte dabei mit den Schultern. Erst als er merkte, dass mein Widerstand nachließ, ließ er auch meinem Arm wieder los, als hätte er Angst, ich würde tatsächlich vor ihm weglaufen. Mein Herz machte einen kleinen Sprung bei dieser Erkenntnis. „Ich muss gleich wieder weiter. Wollte dich aber fragen, ob ich dich und deine Tochter heute Abend zum Essen ausführen darf?" Ich erzählte ihm, dass Zoe heute auf das Konzert am Strand gehen dürfte und daher nur ich zur

Verfügung stünde. „Ist es sehr schlimm für dich, wenn du den Abend nur mit mir verbringst“, fragte ich gespielt entschuldigend. „Naja, wenn es nicht anders geht“, kam es wie aus der Pistole geschossen aus seinem Mund und ich bildete mir ein, ein bisschen Freude in seinen Augen aufblitzen zu sehen. Wir lächelten einander an und ich wollte noch wissen, wo es denn hinginge. „Das, bella Julietta, ist eine sorpresa, eine Überraschung. Aber bitte nimm dir etwas zum Drüberziehen mit, es könnte zeitweise ein bisschen windig werden.“ Inzwischen wusste ich schon, dass jede weitere Frage unbeantwortet bleiben würde, daher ließ ich mich auf die Überraschung einfach ein. Wir machten noch aus, dass wir uns um 20 Uhr vor dem Apartment, auf unserem Platz, treffen würden. Giovanni nahm meine rechte Hand, küsste diese und war schon wieder dahin. Ich stand noch eine Zeitlang vor dem Ufficio tre und versuchte mich wieder zu beruhigen. „Oh, mein Gott! Ich habe ein Rendezvous, oder eher ein Date, wie meine Tochter sagen würde“, dachte ich mir und versuchte herauszufinden, wann ich das letzte Mal abends mit einem attraktiven Mann essen gewesen war. Mir fiel nichts dazu ein, also beschloss ich, meine Sinne wieder auf Normalzustand zu stellen und an den Strand zurückzukehren.

Zoe fragte mir Löcher in den Bauch. Ich erzählte ihr von der Einladung und dass diese auch ihr gegolten habe. Pragmatisch wie sie war, merkte sie an, dass das sehr nett von Giovanni sei und danach, etwas aufgeregter: „Jetzt habe ich was Tolles am Abend vor und du auch. Ist da nicht urcool?“ Ich nickte und musste lachen, denn ich fühlte dasselbe wie sie und noch dazu hatte ich im Moment auch ein bisschen den Eindruck, als wäre ich selbst wieder ein Teenager. Um mich von meinem Bauchflattern abzulenken, und um meiner Tochter wirklich alles zu zeigen, was Lignano zu bieten hat, fragte ich sie, ob wir uns ein Tretboot mieten wollten. „Ja, warum nicht“, war ihre nicht sehr enthusiastische Antwort, die ich geübt beiseiteschob und wir beide machten uns auf die Suche nach dem nächsten Tretbootverleih. Zu meinem Glück weckten die verschiedenen Modelle wieder ein bisschen die Begeisterung Zoes und wir entschieden uns nach langem Hin und Her gegen das Boot im Piraten-Design und für eines im Sponge Bob-Look mit Rutsche. Wir hatten ganz schön zu tun, bis wir über die ersten Wellen in Strandnähe hinauskamen und endlich so weit draußen waren, dass wir ruhig dahingleiten konnten. So strampelten wir sicher zwanzig Minuten dahin, kuderten dabei herum, neckten uns, spornten uns gegenseitig an weiterzutreten und hörten zu treten auf, bis die andere merkte, dass sie sich alleine abstrampelte. Als wir genug davon hatten, beschlossen wir die Rutsche einzuweihen. Doch wer würde die Erste sein? Ich war ja nicht so ein Fan von tiefschwarzem Wasser. In meiner Fantasie lauerten dort viele, gruselige Tiere, die mich, sobald ich mit dem Wasser ohne den Grund zu spüren in Berührung kam, als hilflose Beute identifizieren würden. Ja, so stellte ich mir das vor und mich schauerte bei dem Gedanken. Zu meinem Leid war meine Tochter eben meine Tochter und sie empfand dasselbe. „Weißt du was, Mama?“, fing sie ihren Satz an und redete weiter, als sie meine volle Aufmerksamkeit hatte, „wir halten uns bei den Händen, zählen bis drei und springen gemeinsam ins Wasser. Danach können wir die Rutsche einweihen.“ Was blieb mir anderes übrig, als Ja zu sagen? Und so geschah es. Das Wasser war herrlich und wie durch ein Wunder wurden wir von keinen gruseligen Meerestieren in die Zehen gebissen. Wir rutschten, was das Zeug hielt und hatten wahnsinnig viel Spaß. Im Endeffekt mussten wir unsere Planscherei irgendwann stoppen, denn die eine Stunde, für die wir das Tretboot gemietet hatten, ging dem Ende zu. Vergnügt strampelten wir zurück zum Strand, übergaben das Boot dem Vermieter und machten uns noch immer kudernd und lachend zurück auf den Weg zu unserem Platz am Strand.

Kapitel 24

Da Zoe schon für sieben Uhr mit Bea und ihrer Familie zum Essen verabredet war, verließen wir an diesem Tag relativ früh den Strand. Immerhin musste sie sich noch ordentlich rausputzen und das brauchte seine Zeit. Mir war es gar nicht so unrecht. Denn auch ich wollte mich noch ein bisschen ausruhen und für meinen Abend mit Giovanni zurechtmachen. Immer wenn ich daran dachte, wurde mein Herzschlag ein wenig schneller und in meinem Bauch machte sich ein warmes, wohliges Gefühl breit, das ich schon so lange nicht mehr hatte. „Komisch", dachte ich, „dass man erst erkennt, wie sehr man manche Dinge vermisst, wenn man sie wiederentdeckt." Aber das war nur die halbe Wahrheit. Selbstverständlich gesellte sich dazu auch eine Portion Nervosität und Neugierde. „Wohin wird er mich ausführen?", fragte ich mich und vor allem, „wie wird dieser Abend verlaufen?"

Zurück im Apartment gingen wir beide duschen und während ich mich mit einem Handtuch bekleidet und einem Turban über meinem nassen Haar mit einem Glas Wein auf die Terrasse gesetzt hatte, widmete sich Zoe ihrem Kleiderschrank. Auch sie war aufgeregt, stellte ich amüsiert fest, und beobachtete sie, wie sie hin und her hetzte, als müsste sie demnächst einen Zug erwischen. Immer wieder kam sie zu mir auf die Terrasse und präsentiere mir ein Outfit. Ein Kleid, das ihr gerade einmal bis über den Po ging. Ein entschiedenes „Nein!“ von meiner Seite und sie gab sich damit zufrieden. Ein Maxikleid, das sie, noch bevor ich was sagen konnte, für den Abend als unpassend erklärte. Shorts und T-Shirt waren ideal, wie ich fand, und sahen fantastisch an ihr aus. „Das habe ich fast jeden Tag an“, war der unzufriedene Kommentar Zoes. Im Endeffekt wurde es ein dreiviertellange Slimfit Jeans, die an den Fußenden ausgefranst war, auch sonst mit ihren Löchern da und dort aussah, als hätte sie schon bessere Tage erlebt. Dazu kombinierte meine Tochter ein Tanktop, das am Bauchnabel endete, trug ihr Haar offen und war dezent, aber überaus gekonnt, geschminkt. Alles in allem sah sie wirklich hinreißend aus, was ich ihr auch sagte. „Danke, Mama. Aber solltest du dich nicht auch schön langsam fertigmachen?“ Ich sah auf die Uhr und bekam einen leichten Schock. Ja, es war wirklich schon höchste Eisenbahn. Ich sattelte aber das Pferd von hinten auf. Zuerst föhnte ich meine Haare und glättete sie sogar, zur Feier des Tages. Danach schminkte ich mich sorgfältig und hielt es dabei wie Zoe. Das Ergebnis meiner Bemühungen machte mich zufrieden. Was jetzt noch fehlte, war die passende Kleidung. Doch was zieht man zu einem Rendezvous an, wenn man nicht weiß, wohin es geht? Ich rief mir die Worte von Giovanni nochmals ins Gedächtnis: „Aber bitte nimm dir etwas zum Drüberziehen mit, es könnte zeitweise ein bisschen windig werden.“ Okay, das sollte ich berücksichtigen. Noch bevor ich mich weiter diesem Thema widmen konnte, kam mir meine helfende Hand abhanden, denn Zoe musste sich auf den Weg machen. Wir vereinbarten noch ein paar Dinge: Sie musste telefonisch für mich erreichbar sein (Ja, selbstverständlich ist es während des Konzerts zu laut dafür!) und sich bemühen immer mit Bea zusammenzubleiben. „Kein Alkohol, keine Drogen", sagte ich zum Schluss noch augenzwinkernd, was mir ein paar verdrehte Augen einbrachte. Das Konzert war für 21 Uhr angesetzt und, wenn in Lignano die Uhren nicht anders schlugen, würde die Band sicher nicht vor 22 Uhr auf der Bühne stehen. Das hieß, frühestens um Mitternacht wäre das Konzert zu Ende. Beas Eltern hatten mir versprochen, die Mädels nach dem Konzert vor dem Gelände abzuholen und Zoe sicher bei uns im Apartment abzuliefern. Das beruhigte mich zwar, ich wusste aber ohnehin, dass ich keine ruhige Minute hätte, bis meine Tochter wieder zurück wäre. „Oh Gott, jetzt höre ich mich schon an wie meine eigene Mutter", dachte ich mir und versuchte etwas lässiger damit umzugehen. Es gelang mir nur mäßig ...

Ich entschied mich für eines meiner Lieblingskleider. Ein dunkelblaues Kleid, aus einem Material, das sich zart an meinen Körper anschmiegte. Es war kurz, aber nicht zu kurz und meine schlanken, in der Zwischenzeit auch braunen Beine, kamen darin gut zur Geltung. Der Ausschnitt ließ ahnen, verriet aber nicht zu viel. Außerdem, so fand ich, betonte das Blau des Kleides meine Augen. Das Wichtigste war: Ich fühlte mich in dem Kleid rundum wohl, aber auch sexy. „Die perfekte Kombination", dachte ich mir zufrieden. Dazu kombinierte ich die passenden Sandalen mit einem leichten Absatz. Schnappte mir eine Weste, wie es mir Giovanni empfohlen hatte, und nach einem letzten Blick in den Spiegel, der mich zufrieden stimmte, machte ich mich auf den Weg zum vereinbarten Treffpunkt. Ich war etwas zu früh, also verwunderte es mich nicht, dass Giovanni noch nicht da war. Doch diese paar Minuten kosteten mich fast meine Selbstbeherrschung, denn mit jeder Minute, die ich wartete, wurde ich nervöser. Ich rechnete damit, dass Giovanni vom Lungomare Marin kommen würde, daher blickt ich ziemlich konzentriert in diese Richtung. Ein „buona serata, Signora" hinter mir riss mich aus meine Gedanken und ließ mich ein wenig zusammenfahren. Giovanni musste lachen und fragte mich, ob er so furchterregend sei. „Nein, ich war nur gerade im Gedanken", gab ich ebenfalls lachend zur Antwort, was ja nicht gelogen war. Dass diese Gedanken einzig und alleine ihm gegolten hatten, musste er ja nicht wissen. Er musterte mich von oben bis unten mit einem Blick, der mir interessanterweise nicht unangenehm war, blickte mir wieder einmal tief in die Augen und sagte: „Du siehst wunderschön aus, Julietta." „Grazie, Signore", sagte ich erfreut und absichtlich übertrieben höflich zurück und deutete einen Knicks an. „Du siehst aber auch verdammt gut aus", gab ich keck zurück und hoffte, dass er nicht merkte, wie ernst ich das meinte. Giovanni hatte eine hellblaue Chino an, dazu ein weißes Hemd, das er am Kragen offen trug und dessen Ärmel bis kurz unter den Ellenbogen hochgekrempelt waren. Über seinen Schultern hing ein hellbrauner Pullover, der perfekt zu seinen Schuhen und seinem Gürtel passte. „Typisch Italiener“, dachte ich mir noch, bevor wir uns auf den Weg machten. „Darf ich bitten“, fragte mich Giovanni, hielt mir auffordernd seine rechte Armbeuge hin, damit ich mich einhängen konnte und sprach weiter: „Immerhin weißt du ja gar nicht, wohin wir gehen.“ Womit er zu hundert Prozent recht hatte, denn ich war ganz schön überrascht, als wir uns von der Menschenmenge und dem Meer abwandten und in die gegengesetzte Richtung gingen. Wir verließen die Anlage, bogen links in eine Straße, danach wieder rechts in eine andere und irgendwie kam mir die Straße bekannt vor. Via Vittorio Veneto las ich auf der Tafel. „Sind wir hier nicht mit dem Rad entlanggefahren?“, fragte ich Giovanni. Der lächelte nur geheimnisvoll, sagte, „Warm“, und ließ mich weiter im Ungewissen. Noch einmal rechts, dann wieder links und dann hatte ich meine Orientierung wieder. Wir standen vor der Brücke am Porto Vecchio. Schön langsam dämmerte es mir: „Machen wir vielleicht eine Bootsfahrt?“ „Heiß“, kam es nun von meinem Begleiter und er zeigte nach rechts, wo einige Boote vertäut waren. „Ein lieber amico hat mir sein Boot überlassen, damit ich dich in ein ganz besonderes Ristorante ausführen kann.“ Wir gingen einen kleinen Steg entlang, wo an jeder Seite sechs kleinere Boote standen. Jenes, das für uns bestimmt war, stand am Ende des Stegs. Es war eierschalfarben, der untere Teil des Schiffsrumpfs war marineblau lackiert. Die Trennung der beiden Farben wurde durch ein dickes Schiffstau, das rund um das Boot angebracht war, unterstrichen. Das verchromte Geländer glänzte in der Abendsonne und backbordseitig stand der Name der Schönheit: Angel Eyes. „Perfekt", dachte ich mir und während ich noch damit beschäftigt war, das hübsche Boot von außen zu bewundern, hielt mir Giovanni seine Hand entgegen, damit ich an Bord gehen konnte. Was ich dann zu sehen bekam, überzeugte mich vollends. Auf der Heckseite außen konnte man auf gemütlichen, gepolsterten, ebenso marineblauen Sitzen Platz nehmen. Und dieser Stil ging nahtlos ins Innere über. Kastanienbraunes Holz dominierte das Interieur, kombiniert mit blauen Sitzen und gelben Vorhängen. Natürlich, viel Platz war nicht, aber für zwei Personen allemal genug. Eine kleine Küche links, eine Sitzgelegenheit rechts und auch die Steuerung hatte noch Platz. Ich ging ins Innere und begutachtete alles anerkennend. „Und was ist hinter dieser Tür?", fragte ich Giovanni und deutete auf eine Tür in Richtung Bug. „Apri lo, öffne sie!", forderte er mich auf, was ich natürlich sofort tat. Vor mir tat sich eine Schlafgelegenheit auf, ein Doppelbett, das sehr gemütlich aussah. „Respekt", sagte ich, wieder an Giovanni gewandt, „dein Freund hat hier wirklich ein kleines Schmuckstück." Giovanni war sichtlich zufrieden mit meiner Reaktion, hatte in der Zwischenzeit schon zwei Gläser auf den Tisch gestellt und mit prickelndem Prosecco gefüllt. „Salute, bella Julietta", sagte er mir, als wir anstießen und seine Augen schienen wieder in den meinen zu versinken. „Auf einen unvergesslichen Abend." Da ich schon wieder weiche Knie bekam, lächelte ich nur vielsagend und freute mich auf alles Weitere, was an diesem Abend kommen würde.

Kapitel 25

Giovanni lenkte das Boot gekonnt über das Meer, ich hatte es mir auf der Bank am Heck gemütlich gemacht und genoss den Fahrtwind. Das einzige Manko war, dass das Steuer indoor war und wir so kaum die Möglichkeit hatten, uns zu unterhalten. „Dazu wird später noch genügend Zeit sein", tröstete ich mich, nahm noch einen Schluck von dem köstlichen Prosecco und fühlte mich wie eine Prinzessin. Plötzlich wurden wir langsamer und als wir ganz zum Stehen kamen, kam Giovanni zu mir. „Schau", sagte er, reichte mir eine Hand, um mir aufzuhelfen und deutete mit seiner anderen Hand in eine Richtung. Ich folgte der Verlängerung seines Armes. „Das ist das Naturschutzgebiet des Flusses Stella und hier siehst du originale Casoni, die Fischerhütten, von denen ich dir bei unserer Radtour erzählt habe." Und tatsächlich, im letzten Sonnenlicht des Tages sah ich ein paar dieser aus Schilf gebauten Hütten und sie sahen bezaubernd aus. Ein bisschen wie aus der Zeit gefallen. „Wie sehen sie innen aus?", wollte ich wissen. „Ganz einfach. In der Mitte steht für gewöhnlich eine Feuerstelle und das war es", antwortete der Italiener knapp, ergänzte dann jedoch: „Touristen können hierher einen Ausflug machen. Dann erfahren sie etwas über alte Bräuche und es werden typische Fischgerichte wie gegrillter Aal oder Sarde al Saor serviert." Ich rümpfte die Nase, als ich an den Aal dachte, fragte aber nach, was denn Sarde al Saor sei. „Das sind Sardinen in einer ganz speziellen Marinade aus Olivenöl, Weißwein und diversen Gewürzen. Delizioso, sage ich dir.“ „Okay, also wollen wir gleich hier essen?“, fragte ich frech und Giovanni erkannte den Wink mit dem Zaunpfahl. „Nein, Signora, die Fahrt geht subito weiter.“ Er deutete einen Diener an, drehte sich um, verschwand in der Kajüte und ließ mich lachend zurück. Wir verließen das Meer und fuhren den Fluss Stella entlang. In der Zwischenzeit war die Sonne vollkommen untergegangen und es hatte etwas Mystisches, im Schein des Vollmondes diesen Fluss entlangzufahren. Doch bald sah ich auch künstliche Lichter und als wir näherkamen, sah ich, dass diese Lichter übergroße, beleuchtete Frauenstatuen waren, die am Ufer aufgereiht standen, als würden sie uns erwarten. Giovanni drosselte das Tempo unseres Bootes und legte an einer der freien Bootsanlegestellen an. „Ecco, Signora, wir sind da.“ Er stieg aus dem Boot, reichte mir die Hand und half mir galant das Ufer zu erreichen. Ich war fasziniert und fragte: „Wo sind wir hier?“ „Das ist das Ristorante al Fiume Stella, eines meiner Lieblingslokale und ein absoluter Geheimtipp“, gab mir Giovanni zur Antwort. Wir bekamen einen wunderschön gedeckten Tisch direkt am Wasser und bestellten uns gleich einen Aperitif. Die Speisekarte war eine Wucht. Alles, was das kulinarische Herz begehrte, wurde aufgeboten. Ich war überfordert, was Giovanni zu merken schien. „Was hältst du davon, wenn ich dich mit einer Speisenfolge überrasche? Gibt es irgendetwas, was du nicht magst?“ Ich verneinte und ließ mich gerne auf seinen Vorschlag ein. Als Vorspeise servierten sie uns dreierlei Tartar bestehend aus Schwert- und Thunfisch sowie Lachs. Ein Gedicht und mein erster Hunger war gestillt. „Das hast du ja schon einmal gut getroffen“, lobte ich mein Gegenüber und ergänzte: „Es war köstlich.“ „Na, dann freu dich schon einmal auf den nächsten Gang“, gab Giovanni zur Antwort. Ich lächelte ihn an und so saßen wir eine Zeitlang da, ohne dass jemand etwas sagte. Bevor es unangenehm werden konnte, ergriff er erneut das Wort: „Also bist du mir nicht mehr böse, dass ich dich mit einem Trick zum Strandbüro geholt habe?“ Ich tat so, als würde ich überlegen und gab zur Antwort: „Nein, deswegen nicht. Aber dafür, dass du mich den ganzen Tag schmoren hast lassen und dich kein einziges Mal bei mir gemeldet hast. Dafür musst du mir schon ein wenig mehr bieten als ein bisschen Fischtartar“, gab ich gespielt beleidigt zur Antwort. „Ich hatte heute einen wichtigen Termin.“ Ich nickte nur, denn einerseits dachte ich, dass das ohnehin nur eine Ausrede sei. Andererseits, falls das stimmen sollte, würde er mir sowieso nicht erzählen wollen, was es mit diesem Termin auf sich hatte. Doch ich irrte mich – sowohl in Punkt eins als auch in Punkt zwei. „Mein Sohn Andrea war auf Besuch.“ Nun hatte der Italiener meine volle Aufmerksamkeit. „Ach ja. War das ein spontaner Besuch?“, wollte ich wissen. „Naja, mehr oder weniger. Ich wusste, dass er am Wochenende in Udine bei Freunden sein würde und da habe ich ihn gebeten, bei mir auf einen Café vorbeizuschauen.“ Ich war ein wenig verwundert, dass mir Giovanni all das erzählte und wusste nicht, worauf das hinauslaufen sollte. Doch die Antwort ließ nicht lange auf sich warten. „Weißt du, seit dem Tod von Bianca, Andreas Mutter, gab es nie mehr eine Frau in meinem Leben", begann er, machte eine Pause und korrigierte sich. „Also ich meine eine Frau, über die ich gerne meinem Sohn erzählen wollte." Ich war paff und sah mein Gegenüber mit großen Augen an. „Und ich dachte, ich hätte dich mit meiner spontanen Umarmung verschreckt." „Nein, ganz im Gegenteil. Durch deine Umarmung wurde mir bewusst, dass ich mich viel zu lange zurückgezogen hatte. Ich merkte plötzlich, dass ich wieder leben und lieben wollte. Ich merkte, dass ich mich wieder öffnen wollte." Und als wäre das nicht alles schon genug, beendete er seinen Satz mit den Worten: „Julietta, du bist der Grund, warum ich mich wieder öffnen will."

Ich war hin- und hergerissen durch Giovannis Geständnis. Einerseits tief berührt, andererseits wusste ich nicht, ob ich das auch wollte, ob ich ihm auch diese Offenheit bieten konnte. Als könnte er meine Gedanken lesen, ergriff Giovanni meine Hand über den Tisch hinweg, sah mir tief in die Augen und sagte: „Keine Angst, Julietta, ich verlange gar nichts von dir. Ich bin nur so glücklich, dass ich wieder anfange etwas zu fühlen, mich zu spüren. Ich bin einfach nur dankbar, dass ich dich kennenlernen durfte." Die Verkrampfung in meinen Schultern löste sich und auch diese Last, die sich kurz auf mich gelegt hatte, verschwand so schnell, wie sie gekommen war. Nun lächelte ich Giovanni über den Tisch hinweg an und wir genossen diesen Moment ein paar Sekunden, ohne dass jemand etwas sagte. Mit einem „Permesso“ wurden wir in unserer Einigkeit unterbrochen. Der Kellner stand vor uns mit zwei Tellern, die er vor uns abstellte. „Ecco, wir haben hier Ravioli gefüllt mit Ricotta-Käse und Trüffel, Scampi alla busara und Carpaccio mit schwarzen Trüffeln“. Ich war begeistert, und es sah nicht nur deliziös aus, es schmeckte auch grandios. Wir genossen dieses Festmahl in vollen Zügen, tranken dazu Wein und unterhielten uns dabei über Gott und die Welt. „Seltsam“, dachte ich mir, als Giovanni gerade den Kellner herbeiwinkte, um eine weitere Flasche Weißwein zu bestellen, „wie schnell man sich einem Menschen vertraut fühlen kann.“ Als der Kellner wieder weg war, traf mein Blick den Blick meines Gegenübers und ich dachte mir: „Was für eine perfekte Nacht.“ Erst als Giovanni „esatto“ erwiderte, merkte ich, dass ich meinen Gedanken wohl laut ausgesprochen hatte. Und es war mir egal. Manchmal musste man das Kind beim Namen nennen.

Kapitel 26

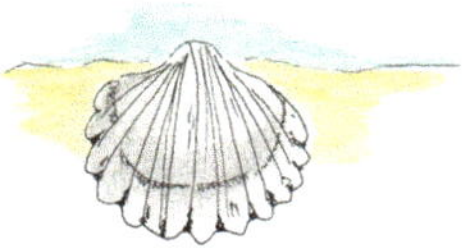

Auch wenn wir nach diesem opulenten Mal mehr als satt waren, beschlossen wir – ein Dessert musste sein. Wir entschieden uns beide für Panna cotta mit Beeren, der perfekte Abschluss für ein perfektes Abendessen. „Hättest du gerne noch etwas?“, fragte mich Giovanni. „Sono a posto, grazie“, gab ich zur Antwort und freute mich über eine richtige italienische Redewendung, die besagt, dass man zufrieden ist. Was sofort mit einem anerkennenden Nicken goutiert wurde. Giovanni bezahlte und wir machten uns mit dem Boot auf den Heimweg.

Es war eine wunderschöne Nacht. Der Himmel war sternenklar und inmitten stand der volle Mond, der uns den Weg wies. Es roch nach Meer und Freiheit und ich fühlte mich so gut, wie schon lange nicht mehr. Als wir den Fluss Stella verließen und wieder ins offene Meer kamen, fragte ich Giovanni, ob wir nochmals einen Schlenker zu den Casoni machen könnten. „Certo“, war die Antwort und kurze Zeit darauf machten wir wieder Halt an derselben Stelle wie bei der Hinfahrt. Ich kniete mich auf die Sitzfläche, legte mein Kinn auf meine Arme, die auf der Reling ruhten und bewunderte diese Szenerie. „Ich kann mich nicht ganz entscheiden, ob mir das Bild besser in der Abendsonne oder im Mondlicht gefällt. Was meinst du?“, fragte ich Giovanni und als ich mich umdrehen wollte, merkte ich, dass er schon ganz dicht bei mir stand. Wieder jagte ein Schauer durch meinen ganzen Körper und ich genoss seine Nähe. „Muss man sich immer entscheiden?“, fragte er mich fast im Flüsterton ganz knapp an meinem linken Ohr und stütze dabei seine Hände rechts und links von mir ab, sodass er mich fast von hinten umarmte. Mir wurde verdammt heiß und ich schloss die Augen. So verharrten wir sekundenlang, ich spürte seinen Atem in meinem Nacken, spürte seine Wärme auf meiner Haut und hatte das Gefühl, als würde mein ganzer Körper zu prickeln beginnen. Giovanni schaffte es tatsächlich, noch ein bisschen näher zu kommen, schob mit der rechten Hand meine Haare im Nacken beiseite, um mit seinem Mund meinen Hals zu berühren. Ganz sanft spürte ich seine Lippen und als ich das Gefühl hatte, fast zu zerspringen, drehte ich mich zu ihm um und wie selbstverständlich fanden meine Lippen die seinen. Wir küssten uns – zuerst ganz zart, später fordernd. Es war ein Kuss, wie ich ihn schon lange nicht mehr erlebt hatte. So voller Leidenschaft und Verlangen. Giovanni tastete sich immer weiter vor. Mit seiner rechten Hand fuhr er von meinem Nacken den Rücken entlang bis er bei meinen Pobacken landete. Dort gelang es ihm gekonnt mein Kleid nach oben zu schieben und erreichte so meine nackte Haut. Gänsehaut war die Antwort auf seine Berührung und während wir uns weiterhin küssten, begann ich, sein Hemd aufzuknöpfen. Unser Verlangen wurde heftiger und als ich sein Hemd von den Schultern streifte sagte er mit rauer Stimme: „Komm.“ Er löste sich von mir, nahm meine Hand und führte mich zum

Bug des Bootes, zur Kajüte, wo das Bett war. Vor der Tür küsste er mich wieder ganz zärtlich und hob gleichzeitig mein Kleid an, sodass er es kopfüber ausziehen konnte. Als nächstes folgte seine Hose und wir beide landeten so gut wie nackt auf dem marineblauen Bett. Sein Mund begann meinen ganzen Körper zu erkunden. Vom Hals weg, über meine Brüste, den Bauch entlang, bis hin zu den empfindlichsten Stellen meines Körpers. Ich hatte das Gefühl, jeden Moment laut aufschreien zu wollen, doch so leicht wollte ich es ihm nicht machen. Auch ich streichelte ihn und war höchst erfreut als ich merkte, wie stark er auf mich reagierte. Wir versuchten vorsichtig zu sein, als wir uns gegenseitig die letzten Kleidungstücke, also die Unterwäsche, auszogen, doch das gelang uns nicht mehr so richtig. Bebend vor Erregung drang Giovanni in mich ein, wir verschmolzen ineinander und bewegten uns eine Zeit lang im Gleichtakt. Doch nicht lange, zu weit waren wir schon gegangen, als dass das Unausweichliche noch länger hinausgezögert werden konnte. Gemeinsam kamen wir zum Höhepunkt und als es geschehen war, lagen wir uns noch lange eng umschlungen und ohne etwas zu sagen in den Armen. „Und was steht als nächstes am Programm“, fragte ich mit einem Augenzwinkern und küsste Giovanni auf die Schulter. „Mal sehen“, gab dieser zur Antwort, „ich würde sagen, wir bleiben hier, machen genau dort weiter, wo wir aufgehört haben und warten, bis die Küstenwache uns in den Hafen schleppt.“ Ich musste lachen und gab zu bedenken, dass das leider nur in einem Paralleluniversum ginge, da sich zuvor schon meine Tochter

Sorgen machen würde, wo ich bliebe. „Oh, mein Gott, Zoe. Ich sollte einmal auf mein Handy schauen, vielleicht hat sie sich ja schon gemeldet.“ Zunächst aber schaute ich auf die Uhr und sah, dass es halb zwölf war. „Das Konzert wird, wenn überhaupt, gerade erst aus sein, nehme ich an“, sagte ich gut gelaunt, als ich nackt zurück zum Heck ging, um mein Telefon aus meiner Handtasche zu kramen. Und dann verschwand meine gute Laune augenblicklich. Zwölf Anrufe in Abwesenheit, alle von Bea. Der erste Anruf war gegen elf Uhr. Ich ging schnell zu Giovanni zurück und er erkannte sofort, dass etwas nicht in Ordnung war. „Che succede, was ist los?“, fragte er ernst. „Es ist irgendwas mit Zoe. Bea hat mich schon x-Mal angerufen. Wir müssen sofort zurück.“

Kapitel 27

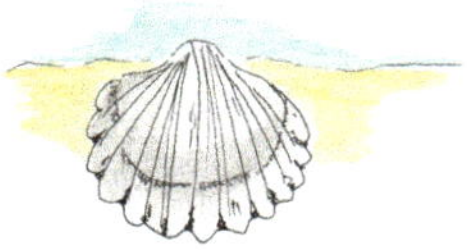

Giovanni holte alles aus dem Boot heraus, was es hergab. Trotzdem kam mir die Fahrt zurück ewig vor. Nachdem wir uns angezogen hatten, rief ich sofort Bea an, die augenblicklich ranging und sofort zu erzählen begann. „Zoe und ich waren auf dem Konzert und hatten total Spaß. Dort haben wir auch diese zwei Jungs kennengelernt, die urlustig waren und mit denen wir dann die ganze Zeit zusammen waren." Sie holte einmal tief Luft, denn durch die Aufregung vergaß sie offenbar richtig zu atmen. Dann erzählte sie weiter: „Gegen Ende des Konzerts waren Zoe und der eine Junge plötzlich weg. Ich dachte mir aber nichts weiter dabei, weil ich davon ausging, dass wir einander bei unserem Treffpunkt sehen würden. Doch da war sie nicht, und ich weiß nicht, wo sie sein könnte." Jetzt war das Mädchen den Tränen nahe und ich musste sie zunächst einmal beruhigen, bevor wir weitersprechen konnten. Irgendwie war die Geschichte nicht rund und ich hatte das Gefühl, dass mir Bea noch nicht alles erzählt hatte. Nach einer gewissen Zeit des guten Zuredens, rückte sie mit dem Rest raus: „Also ja, die Jungs hatten Alkohol dabei und sie haben uns davon was abgegeben." Na bum, das war es also. Jetzt hatte ich nicht nur eine vermisste Tochter, sondern auch eine alkoholisierte, die weiß Gott wo mit einem fremden Jungen unterwegs war. Was mich allerdings am meisten beunruhigte war, dass wir am Meer waren und das Wasser schon zu allen möglichen Blödheiten animiert hatte. Bea erzählte mir auch noch, dass die Jungs aus Wien oder Niederösterreich waren, also keine Italiener, als wäre das in dem Moment wichtig gewesen. Interessant war hingegen, dass Zoe viel mehr getrunken hatte, als Bea und Bea sich schon während des Konzerts Sorgen um ihre Freundin gemacht hatte. Mit all diesen Informationen tuckerten wir also zurück zum Porto Vecchio von Lignano und schlagartig war aus einer perfekten Nacht eine Horrorvision davon geworden.

Als Giovanni und ich auf Bea trafen, fiel sie mir tränenüberströmt um den Hals und sagte mir, wie leid es ihr täte. Obwohl ich selbst mehr als aufgelöst war, gelang es mir, sie zu beruhigen und sie setzte uns über den letzten Stand der Dinge in Kenntnis. „Meine Eltern fahren mit dem Auto die Strandpromenade ab. Vielleicht sehen sie Zoe ja dort irgendwo.“ „Hat sie irgendeine Andeutung gemacht? Ich meine, dass sie mit dem Jungen wo hingehen wollte, oder so?“ Bea verneinte. Ich war kurz davor, meine Beherrschung zu verlieren und hatte das Gefühl, nicht mehr klar denken zu können. Giovanni schien das zu bemerken und ergriff das Wort. „Bea, du bleibst hier für den Fall, dass Zoe auftaucht. Julia, du gehst in die Einkaufsstraße und siehst dich dort um. Und ich gehe den Strand entlang und schau, ob ich da was entdecke.“ „Okay“, sagten Bea und ich wie aus einem Mund und noch bevor ich losging, hielt mich Giovanni am Arm zurück, sah mir in die Augen und sagte mit fester Stimme: „Keine

Sorge. Wir werden deine Tochter finden. In Lignano ist noch niemand verloren gegangen." Auch wenn ich zu aufgeregt war, um klar zu denken, beruhigten mich die Worte wenigstens ein wenig und ich machte mich, dankbar für seine Hilfe, auf den Weg. Zum Glück war in der Einkaufsstraße nicht mehr so viel los wie zu den Geschäftszeiten, was meine Ausschau ein bisschen einfacher machte. Ich hetzte einmal hinauf und wieder hinunter und versuchte dabei jedes Detail auf der Straße wahrzunehmen. Doch ich hatte das Gefühl, dass es zwecklos war. Dazwischen wählte ich immer wieder Zoes Nummer, doch ich kam jedes Mal sofort auf die Mobilbox. Nach einer halben Stunde kam ich außer Atem zu Bea zurück, wo auch schon ihre Eltern bei ihr standen. Auch sie hatten Zoe nicht gesehen. Meine Sorgen wurden immer größer, die Hubers versuchten mich so gut es ging zu beruhigen als plötzlich mein Telefon klingelte. Es war Giovanni. „Ich habe Zoe gefunden", sagte er sofort als ich ranging und mir fiel ein Stein vom Herzen. „Wo seid ihr?", fragte ich und er wies mich an, zum Strandbüro acht zu kommen. Als wir dort ankamen, führte er uns zu einer Liege, worauf Zoe schlief, wie ein Baby. Ich war in dem Moment so glücklich, sie zu sehen, dass ich nicht einmal böse auf sie sein konnte. Noch bevor ich mich zu ihr setzte, erzählte mir Giovanni, dass der Junge auf der anderen Liege geschlafen hätte und als er ihn weckte, hätte er sofort Reißaus genommen. Dankbar sah ich ihn an, wandte mich Zoe zu und versuchte sie zu wecken. Sie wurde zwar munter, doch man merkte ihr deutlich die Alkoholisierung an. Bea und ihre Eltern zogen sich dezent zurück, ich bedankte mich noch rasch für die Hilfe und versprach Bea, mich am nächsten Tag bei ihr telefonisch zu melden. Giovanni half mir meine Tochter zu seinem Auto zu bringen und wir fuhren schweigend zum Apartment. Als wir dort ankamen, konnte Zoe gar nicht schnell genug aus dem Auto kommen, denn dann forderte der Abend seinen Tribut. Mir tat es zwar für die Hecke leid, die daran glauben musste, doch war ich froh, dass das ganze Gift auf meiner Tochter wieder rauskam. Danach merkte man deutlich, dass es ihr etwas besser ging und sie auch wieder mehr sie selbst wurde. Verlegen sah sie mich und Giovanni an und wir brachten sie ins Apartment. Ich stellte meine Tochter unter die Dusche, wartete, bis sie sich abgetrocknet und angezogen hatte und verfrachtete sie ins Bett. „Mama", sagte sie noch kurz, bevor ich das Zimmer verlassen wollte. Ich drehte mich nochmals zu ihr um und hörte ein leises „Es-tut-mir-leid." Ich ging nochmals zu ihr, gab ihr einen Kuss auf die Stirn und sagte nur: „Wir reden morgen darüber. Schau, dass du jetzt schlafen kannst." Danach verließ ich ihr Zimmer, schloss die Tür hinter mir und ging zu Giovanni, der die ganze Zeit über geduldig auf mich gewartet hatte. Ich ging auf ihn zu, umarmte ihn lange und sagte schließlich: „Danke!" „Das ist doch selbstverständlich", gab er zur Antwort. „Ich bin froh, dass alles gut ausgegangen ist." Ein Blick auf die Uhr verriet mir, dass es fast schon zwei Uhr war und erst jetzt bemerkte ich, wie müde ich war. „Ich werde mich jetzt verabschieden, bella Julietta", sagte mir Giovanni und wandte sich zum Gehen. Doch nun hielt ich ihn zurück. „Ich danke dir für diesen wunderschönen, unvergesslichen Abend. Auch wenn das Ende nicht ganz so geplant war, alles andere war perfekt.“ Ich ging einen Schritt auf ihn zu und küsst ihn innig. Als wir uns voneinander lösten, sah er mir noch einmal tief in die Augen, drehte sich um und verließ das Apartment.

Kapitel 28

Obwohl ich hundemüde war, schlief ich in dieser Nacht sehr unruhig. Die vielen, unterschiedlichen Ereignisse des Tages machten mir wohl mehr zu schaffen, als ich es ahnen konnte. Wenn ich schlief, träumte ich verrücktes Zeug und wenn ich wach war, gingen mir tausend Dinge durch den Kopf, sodass ich Mühe hatte wieder einzuschlafen. Einmal stand ich sogar auf und schaute in Zoes Zimmer. Erst als ich sie friedlich schlafend vorfand, war ich wieder beruhigt und ging zurück ins Bett. Um kurz vor sieben war die Nacht endgültig für mich zu Ende, ich stand gerädert auf und ging zuerst in die Küche, um mir einen starken Café zu machen. Ich schaltete mein Handy ein, wo schon zwei Nachrichten eingetroffen waren. Einmal von Bea, allerdings noch von letzter Nacht, die ich in der Aufregung übersehen haben musste. Sie fragte, ob es Zoe wohl gut ginge. Ich tippte schnell eine Nachricht zurück mit dem Inhalt, dass alles okay sei und – um sie ein wenig aufzumuntern – noch die Worte, dass Zoe nun ihren Rausch ausschlafen würde. Am Ende setzte ich einen Zwinker-Smiley, um zu unterstreichen, dass ich nicht böse war. Mir war klar, dass Bea auch noch schlafen würde, aber somit hätte sie wenigstens sofort eine Nachricht, wenn sie aufwachte. Die zweite Mitteilung war von Giovanni. Er schrieb: „Cara Julietta! Ich gehe davon aus, dass Zoe noch schläft. Wie geht es dir? LG Giovanni" Wieder wurde mir ganz warm ums

Herz, als ich an ihn dachte und ich freute mich sehr, dass er so aufmerksam war. Da ich aber auch Lust hatte, seine Stimme zu hören, schrieb ich nicht zurück, sondern rief ihn an. „Pronto“, kam es vom anderen Ende. „Buongiorno“, gab ich zurück. Und dann erzählte ich Giovanni von meiner schrecklichen Nacht und, dass ich gerade versuchte mich mit Café zu dopen. Am Ende versprach ich ihm noch, mich bei ihm zu melden, sobald ich wisse, wie es Zoe ginge. Kurz bevor wir auflegten, hörte ich am anderen Ende gerade noch: „Julietta?“ „Si.“ „Ich kann dich noch immer riechen.“ Als Antwort schickte ich ihm einen Kuss durch das Telefon und legte auf. Nach diesem Anruf, einer großen Tasse Café und einer langen Dusche fühlte ich mich wenigstens halbwegs wieder als Mensch. Etwa zwei Stunden später, ich saß auf der Terrasse und las in meinem Buch, hörte ich Zoes Zimmertür aufgehen. Ich drehte mich um, doch sie war offenbar sofort im Badezimmer verschwunden. Wer konnte es ihr verübeln? Zwanzig Minuten später stand sie vor mir, in ein Handtuch gewickelt und auf dem Kopf trug sie einen Turban. Sie war ziemlich blass um die Nase und ihre großen, blauen Augen sprachen Bände. Es war eine Geschichte gemacht aus Scham, Unwohlsein und Bedauern. Sie setzte sich wortlos neben mich und so saßen wir einige Zeit schweigend da. Da mir die Ruhe bald auf die Nerven ging, fragte ich sie das Einzige, was mir in dieser Situation logisch erschien. „Wie geht es dir?“ Die Antwort war ein Schulterzucken und plötzlich begann sie zu weinen und es sprudelte nur so aus ihr heraus. „Es tut mir so leid, Mama. Ich wollte das nicht. Aber das Getränk hat fast nur nach Orangensaft geschmeckt und ich dachte, da wäre gar nicht so viel Alkohol drinnen. Und irgendwann war es dann zu spät." Ihre Erklärungen wurden immer wieder durch Schluchzer unterbrochen, doch es war ihr offensichtlich wichtig, sich das alles von der Seele zu reden. Am Ende betonte sie noch: „Bea wollte mich eh abhalten. Aber ich habe nicht auf sie gehört. Sie kann überhaupt nichts dafür." Auch wenn ich meine Tochter für ihre Loyalität ihrer Freundin gegenüber bewunderte, änderte das nichts daran, dass sie eine Grenze überschritten hatte. Es gab viel zu bereden, doch ich wusste, dass jetzt nicht der richtige Zeitpunkt dafür war. Daher sagte ich nur: „Zoe, im Moment bin ich nur froh, dass es dir gutgeht. Ganz ungeschoren wirst du aus der Sache nicht herauskommen. Doch jetzt lassen wir es einmal gut sein, bis du wieder fit bist. Einverstanden?" Meine Tochter nickte. Dann erzählte ich ihr, dass sich Bea und Giovanni schon nach ihr erkundigt hatten. Noch bevor ich sie darauf aufmerksam machen konnte, sagte sie, dass sie gleich versuchen würde, ihre Freundin zu erreichen, um sich bei ihr und ihren Eltern zu entschuldigen und zu bedanken. Zufrieden mit diesem Vorhaben meiner Tochter ging ich ins Apartment, um mir einen weiteren Café zu holen, als mein Telefon läutete. Erleichtert über das erste Gespräch mit Zoe hob ich ab, ohne auf das Display zu sehen. „Pronto", rief ich gut gelaunt ins Telefon. Doch was ich dann hörte, ließ das Blut in meinen Adern gefrieren. Es war meine Mutter, die mit bebender Stimme sagte: „Julia, bitte kommt rasch nach Hause. Deinem Vater geht es gar nicht gut."

Kapitel 29

Was danach geschah, habe ich nur mehr schemenhaft in Erinnerung. Zoe und ich packten so rasch es ging unsere Sachen und bereiteten damit unsere verfrühte Abreise vor. Da ich nicht in der Lage war, in diesem Moment meiner Tochter die brutale Wahrheit zu sagen, sagte ich nur: „Wir müssen nach Hause. Opas Zustand hat sich verschlechtert.“ „Jetzt sofort?“, fragte sie noch nach. Ich nickte nur und versuchte, das Kitzeln in meiner Nase, das auf aufkommende Tränen hindeutete, zu ignorieren. Ich war wie in Trance, steckte alles, was ich fand in irgendwelche Taschen und versuchte dabei nichts zu vergessen. Selbst restliche Lebensmittel fanden irgendwie den Weg in diverse Sackerln. Im Nachhinein wusste ich nicht mehr, wie ich das schaffte. Doch mir war klar, dass ich mich nicht gehen lassen durfte, denn immerhin stand uns noch die Heimfahrt bevor. Als wir alles ins Auto gebracht hatten, ging ich noch eine Runde durch das Apartment und stellte fest, dass es grauenvoll aussah. „Hier sieht es so aus, wie ich mich fühle“, dachte ich bitter, achtete noch darauf, dass alles ausgeschaltet war und schloss die Tür hinter mir. Ich lenkte unseren Wagen aus der Tiefgarage und plötzlich fiel mir Giovanni ein. „Entschuldige kurz“, sagte ich zu Zoe, blieb am Rand der Straße stehen und tippte schnell eine Nachricht in mein Handy. „Zoe geht’s gut, meinem Vater leider schlecht. Bin am Weg nach Österreich." Zu mehr war ich im Moment nicht fähig. Ich fühlte mich komplett leer, als hätte jemand alle Energie und Lebensfreude aus mir rausgesaugt. Zu meinem Glück stellte Zoe nicht viele Fragen, was einerseits an der gestrigen Nacht liegen musste und andererseits vielleicht daran, dass sie merkte, wie besorgt ich war. Die Pubertät förderte viele fragwürdige Eigenschaften bei meiner Tochter an die Oberfläche, aber ihre Sensibilität und Empathie hatte sie dabei nie verloren. Wir verließen Lignano, fuhren bei Latisana auf die Autobahn und zumindest in Italien waren mir die Geschwindigkeitsbeschränkungen egal. Es tröstete mich nicht, den Tagliamento zu sehen, ich sah nicht, wie wir bei „Panini caldi", also am Autogrill, vorbeifuhren und irgendwann passierten wir die Grenze zu Österreich. Es war das erste Mal, dass ich bewusst froh war, dass Zoe einschlief, sobald sich das Fahrzeug in Bewegung setzte. Wegen der nächtlichen Anstrengungen stellte sie sogar einen Rekord auf und schlief so lange, bis wir auf der Pack in Höhe Modriach waren. In Graz lenkte ich meinen Wagen direkt zum Haus meiner Eltern, wo uns meine Mutter und Schwester schon erwarteten.

Mein Vater starb noch in derselben Nacht. Aber das Gute war, ich konnte ihn noch einmal sehen. Er war zwar nicht bei Bewusstsein, doch ich konnte bei ihm sein, seine Hand halten und Abschied von ihm nehmen. Ich saß lange an seinem Bett und erzählte ihm von unseren Erlebnissen in Lignano und wie gut es ihm dort auch jetzt noch gefallen hätte. Ich erzählte ihm von all den neuen Orten, die ich kennenlernen durfte, vom Doggy Beach, von meinem Radausflug und sogar von Giovanni erzählte ich ihm. „Weißt du, er erinnert mich ein bisschen an dich. Er ist genauso unternehmungslustig wie du“, sagte ich meinem Vater, in der Hoffnung, er könnte mich noch hören. Zoe kam irgendwann zu uns und setzte sich neben mich. Wir beschlossen ihrem Großvater zu erzählen, dass sie ein Konzert besuchen durfte, aber nicht, was sonst noch am Konzert passiert war. Wir lachten bei unseren Erzählungen und als wir fertig waren, weinten wir, weil wir wussten, dass unsere Geschichten zu Ende waren, genauso wie das Leben meines Vaters, Zoes Großvaters.

Drei Tage später fand das Begräbnis statt. Zoe und ich hielten uns an den Händen und wir gingen gemeinsam zum geöffneten Grab meines Vaters, um uns noch ein letztes Mal von ihm zu verabschieden. Da sah ich, wie Zoe etwas aus ihrer Jackentasche zog. Es war eine Muschel. „Die habe ich aus Lignano mitgebracht“, sagte sie mit Tränen in den Augen und ließ sie ins offene Grab gleiten. Mir schnürte es das Herz zu, denn Zoe wusste genauso gut wie ich, wie sehr ihr Opa Muscheln geliebt hatte. Ich gab ihr einen dicken Kuss auf Wange als Dankeschön, dass sie es immer wieder schaffte, zur richtigen Zeit das Richtige zu machen.

Epilog

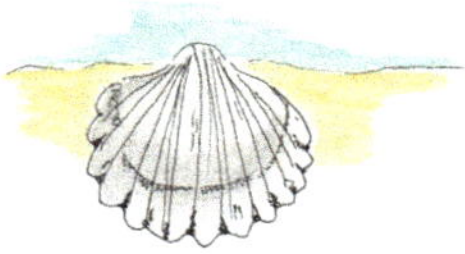

Zwei Monate später …

Die Trauer um meinen Vater überwältigte mich total. Doch eine Woche nach der Beerdigung ging ich wieder arbeiten und das half ein wenig. Auch die Erinnerung an Lignano half mir die schlimmsten Stunden zu überstehen. Denn auch wenn diese Urlaubswoche so abrupt geendet hatte, sie war wirklich etwas Besonderes für mich und gab mir Kraft. Zoe ging auf ihre Art mit dem Verlust um, doch um sie – und vielleicht auch mich – ein wenig aufzumuntern, ließ ich mich breitschlagen, Katzen aus dem Tierheim zu holen. Wir entschieden uns für zwei, damit sie sich Gesellschaft leisten konnten, wenn Zoe in der Schule und ich in der Arbeit war. Zoe wollte junge Tiere, also schaute sie jeden Tag auf die Homepage der Arche Noah, bis eines Tages ein gefundenes Pärchen auftauchte. Ein schwarzes Weibchen mit kurzem Fell und ein rotes Männchen, dessen Fell wild nach allen Seiten stand. Wir nannten sie Rihanna und Ed und die beiden brachten ganz schön viel Wirbel in unsere Wohnung. Zoe kümmerte sich, wie sie es versprochen hatte, wirklich rührend um die beiden Fellknäuel. Ich hatte, zumindest in der ersten Zeit, kaum etwas zu tun. Nur wenn Zoe nicht zu Hause war, nahm ich mich ihrer an und ganz ehrlich – ich liebte es!

In Bea hatte Zoe eine wirklich gute Freundin gefunden. In den Ferien kam sie uns für ein paar Tage besuchen und auch Zoe durfte für fast eine ganze Woche nach Wien zu den Hubers. Sie versprach mir hoch und heilig Orangensaft mit diversen Zusätzen zu meiden, wobei ich mir sicher war, dass sie für eine geraume Zeit nicht einmal daran denken konnte und auch die Familie Huber ein beschützendes Auge auf sie werfen würde. Was die Konsequenzen für ihren Ausrutscher nach dem Konzert in Lignano betrafen, kam sie noch einmal mit einem blauen Auge davon. Wir hatten irgendwann ein langes Gespräch, bei dem ich ihr erzählte, wie gefährlich die Situation hätte werden können und welche Sorgen ich mir gemacht hatte. Ich hatte das Gefühl, sie hörte mir aufmerksam zu und ihre Scham und meine Sorgen ließen sie verstehen. Das genügte mir für den Moment.

Die Wohnungsbesitzer in Lignano, Bekannte meiner Eltern, hatten natürlich Verständnis, dass wir bei unserer Abreise die Wohnung in einem nicht besonders gepflegten Zustand hinterlassen hatten. Sie engagierten eine Putzfrau, die ich bezahlte und somit war auch diese Sache für mich erledigt. Giovanni war, wie immer, sehr einfühlsam. Er ließ mir genug Zeit, um das Geschehene zu verdauen, zeigte mir aber auch ganz deutlich, dass er da wäre, wenn ich etwas brauchte. Ab und zu telefonierten wir miteinander und alleine seine Stimme brachte mich dann dazu, mich wie ein Teenager zu fühlen. Wir wussten nicht, wann oder ob überhaupt es ein Wiedersehen geben würde. Vielleicht bei der Grazer Herbstmesse.

Das Verhältnis zu Zoe ändert sich hingegen um eine Spur ins Positive. Es war, als hätte uns die Woche in Lignano, der Tod eines Familienmitglieds und der Zuwachs zweier Katzen ein bisschen nähergebracht. Klar, wir hatten nach wie vor unsere Aufs und Abs, Zoe erfreute mich weiterhin mit ihren Lauen à la himmelhoch jauchzend – zu Tode betrübt, doch irgendetwas, ich konnte es nicht genau definieren, hatte sich verändert. Vielleicht waren es wir, oder auch nur ich. Ich machte wieder öfters Skizzen und steckte sie Zoe heimlich in ein Heft oder legte eine auf ihren Kopfpolster. Und eines Tages, ich war gerade dabei zu Bett zu gehen, fand ich auf meinem Kopfpolster ein Päckchen und einen Brief. Ich setzte mich auf meine Bettkante und las zuerst den Brief:

Liebe Mama,

ich glaube, ich habe dir noch gar nicht für den echt coolen Urlaub gedankt. Ich weiß, ich war zuerst beleidigt, dass wir nicht nach Thailand fahren konnten, doch ich kann dir nur sagen, dass der Urlaub in Lignano so toll war, dass ich gar nicht glaube, dass es woanders besser gewesen wäre. Ich habe noch eine kleine Erinnerung für dich, sie ist in dem Päckchen. Ich hoffe, du hast eine Freude damit.

Ich habe dich sehr lieb,

Deine Zoe

PS: Wann fahren wir wieder nach Lignano ;-)

Ich war zu Tränen gerührt, legte den Brief zur Seite und öffnete das Päckchen. Es war ein Souvenir, das Zoe heimlich in Lignano besorgt haben musste. Sie bewies damit erneut, wie aufmerksam sie war. Es war ein Geschenk jener Sorte, das wertvoller war als jeder Brillantring: ein kleines Abbild des Faro Rosso. Ich sah ihn mir genauer an und entdeckte auf der Unterseite die Schrift meiner Tochter.

„Der Urlaub in Lignano war ein Hit!“
IHDGDL Deine Zoe

Nachwort

Liebe Leserinnen, liebe Leser!

An sich bin ich kein Mensch, der immer wieder an dieselben Orte reist. Lignano ist eine Ausnahme. Wahrscheinlich liegt es daran, dass für mich an diesen Ferienort so viele Erinnerungen geknüpft sind: meine sorglose Kindheit – immerhin war es das erste Italien, das ich kennenlernen durfte (Danke, Mama und Papa!) –, viel Spaß mit meinen Freundinnen, als ich später immer wieder wochenendweise nach Lignano gereist bin. Was haben wir alles erlebt und wie viele Tränen haben wir gelacht! Diese Zeit möchte ich nicht missen und zum Glück hält sie noch immer an. Zu diesen Erinnerungen gehört auch der Urlaub mit meinem Mann, als er mich überredet hat, mit dem Rad an den Tagliamento zu fahren, und ich erkannt habe, wie viele Facetten Lignano hat. Bis hin zu den ersten Reisen nach Lignano mit unseren eigenen Kindern, die sich heute auch ganz bewusst für diesen Ort an der oberen Adria als Urlaubsziel entscheiden.

Doch ich muss gestehen, ich hatte Phasen, in denen ich auch gehadert habe. Allerdings ist der Versuch, Lignano fernzubleiben und andere Städte und Strände zu erkunden, kläglich gescheitert. Ich bin wieder zurückgekehrt und kann heute voller Überzeugung sagen: Lignano ist ein Teil von mir! Wie ein alter, lieber Freund, den man zwar nicht ständig um sich haben muss, doch, wenn man ihn trifft, dann ist es großartig.

Ich weiß, dass Lignano eine große Fangemeinde hat, und wahrscheinlich sind viele unter euch, die ihre ganz persönliche Geschichte mit diesem Ferienort haben. Vielleicht konntest du durch meinen Roman eigene Erinnerungen auffrischen, Neues lernen oder bist auf den Geschmack gekommen, Lignano neu zu entdecken. Wie auch immer: Ich hoffe, du hattest Freude, Julia und Zoe bei ihrer Reise und ihren Abenteuern zu begleiten.

Ciao Andrea

Die Autorin:

Andrea Böhm war über zwei Jahrzehnte Journalistin. Sie arbeitete als Radioredakteurin, Fernsehreporterin, Moderatorin, schrieb für verschiedene Printmedien und widmete sich der Presse- und Öffentlichkeitsarbeit.
Aktuell arbeitet die Mutter zweier Töchter für das SOS-Kinderdorf.
Andrea Böhm wurde 1974 in Graz geboren und verbrachte viele Sommer ihrer Kindheit in Lignano.
Sie lebt mit ihrer Familie in der südwestlichen Steiermark und liebt alles, was mit Bella Italia zu tun hat.

Kontakt: andrea-boehm@outlook.at